# MARIE-HÉLÈNE LEBEAULT

AUTRICE DE LA TRILOGIE MAGIE DE SANG

# FRISSONS NOCTURNES

HISTOIRES À VOUS GLACER LE SANG

# HANTÉ

# 1

SILAS N'AVAIT PAS besoin que ses parents le lui disent. Il avait vu cette expression sur le visage de son père trop souvent. À quatorze ans, ses parents avaient tellement répété ce scénario que c'était tout ce qu'il avait jamais connu. Ils étaient dans leur maison actuelle depuis presque cinq ans. C'était la première fois que Silas avait eu des amis. Jake, Louise, Caroline et Ben. Silas poussait machinalement ses petits pois à travers son assiette, tapant du pied contre le pied de la chaise en attendant la nouvelle qu'il savait imminente.

—Silas, il y a quelque chose dont ton père et moi voulons te parler, commença sa mère.

—On déménage encore, c'est ça ? demanda Silas, gardant les yeux sur ses petits pois, soudain n'ayant plus faim.

—Oui, en effet, répondit sa mère.

—Pourquoi ? demanda Silas, s'énervant.

—J'ai perdu mon travail il y a quelques mois, et bien que ta mère gagne assez pour payer les factures, ce n'est toujours pas suffisant. J'ai cherché partout, et il n'y a pas d'emplois dans mon secteur ici, alors nous déménageons dans une petite ville au sud appelée Golden-Vale. Elle a tout ce qu'un jeune garçon pourrait vouloir. Beaucoup de forêts à explorer et où construire des cabanes avec tes amis..., essaya d'expliquer son père, mais Silas ne voulait pas l'entendre.

—J'ai des amis ici ! Tu as promis qu'on n'aurait plus à déménager. Je ne veux pas partir ! s'écria Silas, frappant du poing sur la table, luttant pour empêcher les larmes dans ses yeux de couler.

—Tu te feras de nouveaux amis, dit son père.

—Je ne veux pas me faire de nouveaux amis. J'aime mes amis. Ce sont les premiers vrais amis que j'ai eus, gémit Silas.

—Je suis désolée, mon chéri, mais tu t'es adapté une fois. Tu peux t'adapter à nouveau, sourit sa mère avec sympathie.

Silas se sentait toujours mieux quand il parlait avec sa mère. Il savait qu'elle détestait déménager autant que lui. Mais par amour pour son père, la mère de Silas arborait toujours un sourire et faisait tout ce qu'elle pouvait pour soutenir les rêves technologiques de son mari.

—Quand est-ce qu'on déménage ? demanda Silas, poussant à nouveau ses petits pois dans son assiette.

Ses parents restèrent silencieux, se regardant comme s'ils se disputaient télépathiquement pour savoir qui allait annoncer la mauvaise nouvelle.

—Maman ? Papa ? demanda Silas, inquiet que personne ne lui ait répondu.

—La semaine prochaine, répondit finalement sa mère.

Silas bondit sur ses pieds et courut vers sa chambre, claquant violemment la porte derrière lui et ignorant la voix inquiète de sa mère qui criait après lui. Puis, tournant la clé, Silas verrouilla la porte. Il connaissait trop bien sa mère. Elle le suivrait à l'étage et essaierait de le réconforter. Mais maintenant que sa porte avait un verrou, il pouvait être tranquillement laissé seul. Sautant sur son lit, Silas enroula son oreiller autour de son visage. Il sanglota dans son oreiller pour étouffer ses pleurs. Il ignora les coups persistants de sa mère et ses supplications pour qu'il ouvre la porte.

—Quoi ? La semaine prochaine ? Mais c'est le début des vacances de printemps. Et nos projets ? Et le concert de Cloudy Breeze ? se plaignit Jake quand Silas lui annonça la nouvelle.

—Jake ! Ne sois pas si égoïste. Comment te sens-tu, Silas ? demanda Caroline, passant sa main dans le dos de Silas.

—Comment penses-tu que je me sente ? Je ne veux pas déménager ; je ne veux pas vous quitter, gémit Silas, donnant un coup de pied dans une canette de soda vide à travers la cour, ignorant le regard agacé du professeur de service.

—Nous ne sommes plus des enfants. On peut se retrouver les week-ends. Golden-Vale ne peut pas être si loin, non ? On peut prendre le bus, gazouilla Louise avec enthousiasme.

Silas sourit à l'idée qu'entre les réseaux sociaux, les discussions vidéo et voir ses amis les week-ends, peut-être que ce déménagement ne serait pas aussi terrible que les autres.

—Wow, Golden-Vale est à treize heures de train. Ce sera probablement encore plus en bus, haleta Ben alors qu'il cherchait la petite ville en ligne.

Silas et ses amis devinrent tous silencieux. C'était la fin de leur groupe, de leur bande, et de tous les projets qu'ils avaient pour l'avenir. Toutes les choses qu'ils avaient prévues pour les vacances de printemps avaient disparu en quelques mots seulement. Le groupe se complétait si bien. Alors qu'un membre du groupe était bruyant, un autre était doux et calme. L'un était intelligent et analytique, tandis qu'un autre était un rêveur. Ils se soutenaient quand ils étaient déprimés, s'aidaient mutuellement à apprendre et à grandir, et ne s'inquiétaient jamais d'être autre chose que ce qu'ils étaient. Ils étaient une petite famille, et cela leur brisait le cœur que cette famille n'existerait plus.

—Tu ne déménages pas avant une semaine, non ? Et si on venait t'aider à faire tes cartons, puis qu'on fasse tous une soirée pyjama chez moi ce week-end et qu'on essaie de faire autant de choses amusantes qu'on avait prévues pour les vacances de printemps que possible ? sourit Louise.

—Ça semble génial ! Et tu sais quoi, avec les réseaux sociaux, nous ne serons jamais loin les uns des autres. On pourra toujours parler tous les jours. Tu n'échapperas pas si facilement à la bande, Silas, sourit Caroline en serrant Silas étroitement contre elle.

Ben et Jake avaient taquiné Silas et Caroline en disant qu'ils se marieraient un jour. Ils étaient le couple non-officiel du groupe - ne sortant jamais vraiment ensemble, mais le duo avait été proche. Maintenant, ni l'un ni l'autre ne saurait jamais si l'amour aurait pu éclore.

Au cours des jours suivants, alors que les amis s'unissaient pour aider Silas à emballer sa chambre, ils se remémorèrent de vieilles photos de fêtes d'anniversaire, des bibelots gagnés à la salle d'arcade et des trophées scolaires. L'atmosphère s'assombrit à mesure que les souvenirs revenaient en force et que les choses ne seraient plus jamais les mêmes. Les vacances de printemps marquaient habituellement quelques semaines de liberté et de plaisir ; maintenant, elles marquaient la rupture d'une véritable amitié.

## 2

LES PARENTS de Silas ont essayé de le faire parler pendant le trajet vers leur nouvelle maison. Mais malgré tous leurs efforts, Silas gardait la bouche fermée et les ignorait, passant la majeure partie du voyage à cacher ses larmes. Il regardait son ancienne vie s'estomper dans le passé. La grande ville a cédé la place aux banlieues, les banlieues ont fait place aux routes de campagne, et Silas s'est retrouvé dans un monde complètement différent avant même de s'en rendre compte. En faisant défiler les réseaux sociaux, il a essuyé ses larmes avant que le sommeil ne s'empare de lui, et il a dormi pendant le reste du trajet jusqu'à Golden-Vale.

— Silas, réveille-toi. Nous sommes arrivés, l'a pressé sa mère, en lui donnant un petit coup de genou pour le réveiller.

En se frottant les yeux, Silas a regardé par la fenêtre de la voiture pendant que son père remontait un long chemin solitaire entouré d'arbres. La route était cahoteuse et inégale, faisant trembler la voiture qui avançait lentement comme une vieille calèche. Finalement, son père a arrêté la voiture pour descendre et ouvrir les deux vieilles grilles rouillées qui protégeaient leur propriété.

*De qui est-ce qu'on se protège ? On habite à des kilomètres de tout,* a pensé Silas, en levant les yeux au ciel face à l'enthousiasme excessif de sa mère.

— Quand nous aurons l'occasion, il faudra remplacer ces grilles, a dit son père, en prenant un mouchoir dans la boîte à gants pour se nettoyer les mains.

Après les grilles, la montée jusqu'à la maison a duré environ cinq minutes. La maison était située au milieu d'hectares de forêt. Silas s'est déplacé sur la banquette arrière de la voiture pour regarder par l'autre fenêtre. Il a eu du mal à voir à travers les arbres mais a aperçu un petit ruisseau qui traversait leur propriété. En approchant de la maison, Silas a repéré une vieille voiture qui semblait figée dans le temps, à moitié enterrée par la nature. Les branches d'arbres avaient depuis longtemps détruit les vitres. Le vieux toit en tissu était déchiré, et l'intérieur était couvert de feuilles et d'insectes.

— Ça va être un travail de s'en débarrasser. On dirait qu'il va falloir la déterrer, a dit sa mère, en pointant la voiture du doigt et en plissant le nez de dégoût.

— Non, ne faites pas ça. Nettoyons-la ; ce sera cool, a insisté Silas.

Son imagination s'emballait. Il pouvait se voir sur le siège avant, faisant semblant de conduire. Il savait que Caroline et Louise adoreraient ça quand elles viendraient, et que Ben et Jake trouveraient ça super cool. En courant, il a pris des photos qu'il a immédiatement envoyées à ses amis.

— D'accord, Silas, tu as gagné. La vieille voiture flippante reste, a ri sa mère en commençant à décharger la voiture.

PENDANT LES PREMIERS jours dans leur nouvelle maison, ses parents ont défait leurs bagages et se sont installés. Toujours déterminé à ne pas laisser son groupe d'amis derrière lui, Silas a laissé la plupart de ses affaires dans leurs cartons pendant qu'il explorait la nouvelle maison, documentant chaque chose inhabituelle et flippante qu'il pouvait pour en faire rapport à ses amis.

La maison était riche d'histoire - Une maison en bois de style gothique à trois étages avec un porche à l'arrière et une véranda qui entourait la porte d'entrée et le côté gauche. Elle nécessitait quelques petites réparations, mais rien que son père ne puisse gérer. Silas est entré dans la cuisine par le porche arrière après une lutte avec la porte cassée. Les placards de la cuisine tombaient de leurs gonds, et le sol avait besoin d'être remplacé. Silas a levé les yeux au ciel en prenant des photos.

— De toutes les maisons qu'ils auraient pu acheter, pourquoi choisir celle-ci ? a-t-il envoyé dans une note vocale en accompagnant d'une photo de la cuisine.

— Elle a du caractère, a répondu Louise.

— Pense à l'histoire, mec ; c'est plutôt cool, s'est enthousiasmé Ben.

— Non, je suis d'accord, c'est flippant, a dit Caroline.

— Montre-nous-en plus, a insisté Jake, son enthousiasme évident.

Silas a exploré la maison davantage. Une porte au fond de la cuisine menait à une grande salle à manger ouverte avec cinq hautes fenêtres laissant entrer une abondance de lumière.

*Bon, c'est plutôt cool, je suppose,* a pensé Silas, en prenant un selfie pour l'envoyer à ses amis.

— Mec, tu devrais documenter ta maison sur Instagram. Ces photos flippantes vont définitivement augmenter ton nombre d'abonnés, a envoyé Jake dans une note vocale.

— Bonne idée. Merci, mec, a souri Silas, en téléchargeant ses premières photos.

La porte au fond de la salle à manger ramenait dans le hall principal. Le hall était impressionnant ; un escalier imposant se dressait au centre de la pièce, menant à un grand palier qui s'étendait sur tout le premier étage. En face de la salle à manger, de l'autre côté de l'escalier, se trouvait une autre porte menant au salon avec une grande cheminée en pierre et plusieurs fenêtres donnant sur les bois à l'extérieur. À côté du salon se trouvait une autre porte menant à un vieux salon de dessin que le père de Silas avait déjà revendiqué comme son bureau.

L'escalier grinçait à chaque marche, et la rampe semblait pouvoir s'effondrer à tout moment. Le premier étage abritait deux grandes chambres, toutes deux avec salle de bain privative. Cela a surpris Silas, car le reste de la maison semblait si ancien. Un autre petit escalier menait au troisième étage (un espace de grenier converti en deux chambres plus petites avec salles de bain privatives). Chaque chambre avait une petite cheminée et deux grandes fenêtres en forme d'arc. La chambre à l'avant de la maison avait une vue terne sur la route menant à la maison et le chemin de terre sec menant à la ville. La chambre à l'arrière de la maison était légèrement plus grande, avec un espace de placard plus important et une vue impressionnante sur les bois et le ruisseau.

— Je pense que cette chambre va être la mienne, a dit Silas, en prenant plusieurs photos et en les envoyant à ses amis.

L'excitation de la nouvelle maison flippante s'est rapidement estompée. Il n'y avait pas grand-chose d'autre à rapporter à ses amis, et la ville la plus proche était à huit kilomètres en vélo. Silas a passé la majeure partie de la première semaine recroquevillé dans son lit sur son téléphone. Même quand son père lui demandait d'aider aux réparations, Silas était devant son écran à chaque seconde libre. Il languissait après ses amis alors qu'ils téléchargeaient des photos d'eux-mêmes à la foire de vacances de printemps et à la salle d'arcade locale.

Pour se distraire de la tristesse dans son cœur et de la solitude qui le suivait, Silas a pris le conseil de son ami et a commencé à documenter la maison - de l'état de délabrement jusqu'au moment où son père l'a réparée. Il a même créé des histoires effrayantes sur des personnes fictives qui avaient autrefois appelé cette propriété leur foyer. Ses abonnés adoraient ça, nourrissant temporairement son besoin de sentir l'amitié et l'amour. Mais assez rapidement, cette euphorie s'est estompée, laissant Silas seul dans sa nouvelle chambre avec ses pensées.

**3**

---

— Silas, viens aider ta mère à peindre la salle à manger, cria son père depuis le bas de l'escalier.

Silas ne répondit pas, trop occupé à faire défiler les commentaires en ligne sur la photo de lui dans la voiture lugubre. Le seul autre endroit sur la propriété qui semblait lui procurer le moindre plaisir.

— Silas ! Maintenant ! hurla son père.

Soupirant bruyamment, Silas descendit les escaliers en trombe, dépassant son père pour rejoindre la salle à manger deux étages plus bas. Sa mère lui indiqua quels murs peindre. Souriante, elle lui passa un rouleau de peinture. Lorsque sa mère eut fini de peindre deux murs, elle se retourna pour découvrir Silas assis par terre, le nez sur son téléphone, n'ayant peint que deux bandes sur un seul mur.

— Silas, si tu ne m'aides pas, je me débarrasse de cette stupide voiture, lança sa mère sèchement.

— Quoi ? Tu ne peux pas, protesta Silas.

— Alors, si tu ne veux pas m'aider, va aider ton père. Nous n'avons plus qu'un jour avant de commencer nos nouveaux emplois, et il reste encore beaucoup à faire dans cette maison. Je crois que ton père est en train de désherber le jardin. On ne sait jamais, tu pourrais trouver quelques trésors, sourit sa mère, essayant de ne pas paraître aussi en colère et frustrée qu'elle l'était.

En se dirigeant vers l'arrière de la maison, Silas chercha son père. Le bruit des cisailles coupant des branches lui indiqua de se diriger vers le porche avant. Le front trempé de sueur, son père coupait des branches et arrachait des lianes de toutes ses forces, essayant de dompter le chaos du jardin.

— Maman dit que je devrais t'aider, dit Silas, les yeux toujours rivés sur son téléphone.

— Bien sûr, prends le râteau et aide-moi à rassembler tous ces débris en un tas. Je les mettrai en sac plus tard, dit son père, se remettant aussitôt à tailler les lianes qui menaçaient d'envahir le porche.

Passant mollement le râteau dans l'herbe morte et les feuilles, Silas soupira. Il aurait préféré faire n'importe quoi plutôt que ces corvées abrutissantes. Soudain, le râteau s'accrocha à quelque chose. Silas tira et tira, mais ça ne bougeait pas. Sa curiosité piquée, il sortit son téléphone de sa poche arrière, prêt à photographier quel que soit le trésor que cachaient les lianes.

— Papa ! Regarde ce que j'ai trouvé ! s'exclama Silas avec enthousiasme, en extirpant un vieux pneu et un volant de la voiture lugubre.

— Parfait, fiston.

— Je reviens tout de suite ; je vais les mettre avec la voiture, dit Silas, attrapant sa trouvaille et s'en allant en courant.

Prenant des photos de sa découverte, Silas téléchargea l'image avant de placer le pneu de secours dans le coffre de la voiture et de remettre le volant en place. Ensuite, Silas prit un selfie sur le siège conducteur et partagea la photo avec une légende indiquant : « Enfin au complet et aux commandes. À quelle époque devrais-je voyager en premier ? »

Il ne fallut pas longtemps pour que les likes et les commentaires affluent, et encore moins de temps pour que Silas oublie ce qu'il était censé faire et passe le reste de l'après-midi à faire défiler les réseaux sociaux dans la voiture.

Silas savait que ses parents étaient en colère contre lui pendant le dîner, mais il s'en fichait ; il était également furieux contre eux. S'ils voulaient qu'il soit heureux, ils auraient dû rester en ville. Mais non. Ils l'avaient arraché à ses amis, à son école et à sa vie. Alors, Silas se satisfaisait de les snober et de leur faire goûter à ce que c'était d'être ignoré et seul.

Sa mère posa son dîner devant lui sur la table. Il essaya de l'ignorer aussi, mais il avait faim, et le pain de viande était son plat préféré. Poignardant sa nourriture d'une main et faisant défiler son téléphone de l'autre, Silas s'enfonça dans son petit monde, plus profondément dans un pays imaginaire loin de sa réalité monotone.

— Silas ? entendit-il son père dire.

— Hein ? grogna Silas sans lever les yeux de son téléphone.

— Si tu ne manges pas tes légumes, tu n'auras pas de glace en dessert. J'ai acheté ton parfum préféré au magasin aujourd'hui, dit sa mère.

— Les légumes, bien sûr, marmonna Silas.

— Ça suffit ! s'énerva sa mère en claquant sa main sur la table.

D'un mouvement rapide, sa mère avait traversé la longueur de la table et lui avait arraché son téléphone des mains. Puis, l'éteignant, elle le fourra dans sa poche.

— Quoi ? Maman, rends-moi ça ! cria Silas.

— Silas ! Ne parle pas à ta mère sur ce ton ! hurla son père.

— Nous sommes ici depuis plus d'une semaine, et tu as eu la tête dans cet appareil stupide tout ce temps. Je t'ai demandé d'aider à peindre, et tu ne l'as pas fait. Ton père t'a demandé d'aider au jardin, et tu t'es enfui pour t'asseoir dans cette stupide voiture avec la tête sur ton téléphone. J'en ai assez d'avoir un fils qui ne dit jamais plus de deux mots. Tu fais partie de cette famille et tu vas commencer à te comporter comme tel ! hurla sa mère.

Silas était stupéfait ; il n'avait jamais vu sa mère agir ainsi auparavant. Elle était habituellement si joyeuse et posée et n'élevait jamais la voix. De toute sa vie, Silas n'avait jamais entendu ses parents se disputer ou se dire un mot désagréable. Confondu, Silas la regarda avec des yeux écarquillés, ne sachant pas quoi dire ou faire.

— Demain, tu agiras comme un adolescent normal de quatorze ans. Il y a des hectares de forêt autour de cette maison ; explore, vis une aventure. Et demain au dîner, je veux tout entendre à ce sujet.

# 4

Quand Silas se réveilla le lendemain, la maison était plongée dans un silence de mort. Il pouvait entendre les arbres bruisser dans la brise et le lent ruissellement régulier du ruisseau à l'arrière de la propriété. Silas se retourna, cherchant son téléphone, se rappelant instantanément que sa mère l'avait pris. Frustré, il s'habilla rapidement et se dirigea vers la chambre de ses parents. Elle était verrouillée. Mais Silas savait que ces serrures étaient anciennes et faciles à crocheter. Lui et son père avaient dû forcer une serrure ou deux le jour de leur emménagement.

Silas fouilla la commode et les tables de chevet à la recherche de son téléphone. Pourtant, il ne trouva rien d'autre que de vieilles factures, des magazines, les médicaments de sa mère et des bijoux. Passant ensuite au placard, il chercha partout, dans les boîtes à chaussures et même dans les poches des manteaux de ses parents. Encore une fois, il n'y trouva rien.

En descendant, il appela pour voir si ses parents étaient encore à la maison, mais personne ne répondit. En jetant un coup d'œil par la porte d'entrée, il constata que la voiture de ses parents n'était plus là. Il était seul dans une nouvelle maison sinistre au milieu de nulle part et sans téléphone. Déterminé à ne pas se laisser vaincre par sa mère, il chercha partout où il pouvait. Passant de pièce en pièce, il vérifia les placards, les tiroirs et tous les espaces qui pouvaient s'ouvrir ; dans son désespoir, il regarda même dans le réfrigérateur.

À l'intérieur se trouvait un déjeuner préparé pour Silas à déguster pendant la journée. Un Post-it rose de sa mère y était attaché :

*Voici un déjeuner pour toi. Emporte-le quand tu iras explorer le domaine. Ne perds pas ton temps à chercher ton téléphone. Je l'ai emmené au travail. À ce soir pour le dîner. J'ai hâte d'entendre le récit de ta journée. Bisous, Maman xx*

— Elle l'a emmené avec elle ? cria Silas, sa voix résonnant dans la maison vide.

Silas claqua la porte du réfrigérateur et s'assit à la table de la salle à manger, le visage dans les mains. C'est alors que l'idée lui vint. Il n'avait pas besoin de son téléphone pour se connecter à Internet. Alors, prenant son fidèle trombone, il se dirigea vers le bureau de son père à l'arrière de la maison. À sa surprise, la porte n'était pas verrouillée. Trônant fièrement sur le bureau se trouvait l'ordinateur portable de son père. L'ordinateur s'anima quand Silas appuya sur le bouton d'alimentation.

Silas courut à la cuisine dans un élan d'excitation, se remplit les mains de collations et de boissons, et s'installa confortablement dans le bureau de son père. Tout allait bien jusqu'à ce qu'un écran apparaisse demandant un mot de passe.

*Mot de passe ? Quel mot de passe Papa utiliserait-il ?* pensa Silas.

Il essaya le nom de sa mère. Rien. Il essaya son propre nom. Rien. Il passa aux dates d'anniversaire, aux anniversaires de mariage, et même au nom de leur ancien chien. Il avait échoué tant de fois que l'écran affichait désormais un avertissement. Une erreur de plus et l'ordinateur effacerait complètement le disque dur.

Silas arpenta la pièce, fouillant son esprit pour trouver la solution. Il ne pouvait pas risquer de faire une erreur. Son père deviendrait fou s'il rentrait et découvrait que le disque dur de son ordinateur avait été effacé. Silas ne voyait rien qui puisse fonctionner jusqu'à ce qu'il se rassoie au bureau de son père et que ses yeux se posent sur le cadre photo à côté de l'ordinateur portable. C'était son père le jour où il était allé voir le match des Red Sox avec le grand-père de Silas. Gravés dans le cadre, les mots : *Le plus beau jour de ma vie.*

— C'est ça ! s'exclama Silas en tapant férocement le mot de passe.

Une roue commença à tourner sur l'écran. Silas était si près du but qu'il pouvait presque y goûter. Qu'avait-il manqué durant les heures écoulées depuis que sa mère avait pris son téléphone ? Quelles nouvelles passionnantes l'attendaient dans sa boîte de réception ? Silas s'agitait sur sa chaise, attendant que l'ordinateur portable reprenne vie.

— Oui ! s'écria Silas en donnant un coup de poing en l'air, ouvrant un paquet de chips et s'y plongeant.

Double-cliquant sur le pavé tactile, il attendit que le navigateur se charge. Il fredonna ses airs préférés jusqu'à ce que le navigateur échoue. Pas de Wi-Fi. Courant vers le téléphone dans la cuisine où se trouvait le routeur Wi-Fi, Silas nota le mot de passe sur sa main. De retour au bureau, il tapa le code, seulement pour être confronté à un message criard lui indiquant que le mot de passe était incorrect. Silas retourna à la cuisine, pas une mais deux fois, pour vérifier qu'il l'avait correctement noté. C'est alors qu'il le vit, un autre Post-it rose. Le ramassant sous la table, il lut :

*Bien essayé. J'ai changé le mot de passe Wi-Fi. Va ! Dehors ! Bisous, Maman xx.*

— Oh, allez ! hurla Silas, froissant le mot et le jetant à travers la cuisine.

Admettant finalement sa défaite, Silas prit son sac à dos et le remplit avec les collations et les boissons du bureau de son père. Fouillant dans la chambre de ses parents, il trouva leur vieux Pola-roid. S'il était forcé de sortir, il documenterait quand même ce qu'il pouvait jusqu'à ce qu'il récupère son téléphone. Fourrant l'appareil dans son sac, il enfila ses chaussures de randonnée et sortit par la véranda arrière.

En se promenant dans les bois, Silas ne pensait qu'à une chose : à quel point tout cela était stupide. Combien de plaisir pouvait-il avoir seul ? Ses amis lui manquaient ; au moins s'ils étaient là, ils pourraient nager dans le ruisseau ou grimper aux arbres. Puis une pensée lui vint : et s'il se perdait ? Comment retrouverait-il son chemin ? Puis, tournant la tête, il vit le ruisseau ; il menait directement à la maison. S'il pouvait le retrouver, il retrouverait son chemin.

En suivant le ruisseau plus profondément dans les bois, Silas s'arrêta pour prendre des photos de grenouilles, d'oiseaux et d'arbres tombés. Après un moment, il découvrit qu'il aimait explorer les bois. Plus il s'enfonçait, plus il voyait de choses intéressantes - Un vieux chariot cassé qui avait probablement jadis transporté du grain au marché. Des noms étaient gravés dans un arbre à côté d'un vieux vélo aux guidons roses décolorés.

Fourrant ses photos dans son sac, il regarda au loin dans les bois, au-delà des arbres. C'est alors que quelque chose au loin attira son attention. Serait-ce sa découverte la plus importante jusqu'à présent ? Excité, Silas se précipita en avant.

## 5

Repoussant les arbres les plus denses qu'il avait vus durant son périple, écartant les branches de son visage, il l'aperçut. Une vieille cabane abandonnée. Elle n'était pas aussi grande que sa maison ; c'était un petit cottage de type fermette. Silas supposa qu'il s'agissait de l'ancienne cabane du gardien. Mais la nature l'avait reprise, les branches s'enfonçant à travers les fenêtres et fissurant les fondations. Les poils sur la nuque de Silas se dressèrent — un frisson parcourut tout son corps, le couvrant de chair de poule. Fasciné, il prit une photo. Silas fit le tour par l'arrière et prit davantage de clichés, impatient de les montrer à ses amis et à ses abonnés en ligne dont le nombre ne cessait de croître.

La porte arrière pendait sur ses gonds ; une légère traction et la porte lui resta dans la main. Reculant d'un bond juste à temps pour éviter d'être frappé par la porte, Silas sourit, prenant une photo de la maison obscurcie.

Le bâtiment était d'un seul étage avec seulement quelques petites pièces. La première pièce dans laquelle Silas entra était la cuisine. Les vignes provenant de la fenêtre avaient envahi les plans de travail et l'évier. Des débris jonchaient le sol à cause du trou dans le toit, et une grande partie du plancher était pourrie. Le flash de l'appareil photo de Silas illumina la pièce sombre. Il sursauta. Il crut voir quelque chose pendant un instant, pour finalement rire de lui-même en réalisant qu'il avait sursauté devant sa propre ombre. Passant à la pièce suivante, il découvrit une vieille cheminée en bois avec un grand chaudron noir suspendu au-dessus des bûches. Un fauteuil délabré au tissu déchiré et marqué par les morsures de rats se trouvait dans le coin. Une horloge grand-père poussiéreuse, dont la vitre était brisée et le pendule gisait sur le sol, se dressait contre un mur sombre. Silas n'en avait jamais assez.

Sous la fenêtre près de la porte d'entrée se trouvait une vieille commode. Silas ouvrit chaque tiroir, espérant trouver des trésors. Il ne trouva pas grand-chose, quelques vieilles pièces, un canif et un mouchoir en coton autrefois blanc portant les initiales C.B. dans le coin inférieur. Empochant ses trouvailles, il prit des photos, sortit un stylo de son sac et nota au dos de chaque photographie des idées de légendes. Son imagination débordait, son esprit s'emballait tandis qu'il imaginait la vie de celui qui avait autrefois appelé cette cabane son foyer. Sur le manteau de la cheminée se trouvait une vieille pipe. Silas prit une photo et tendit la main pour saisir la pipe.

Dès que ses doigts touchèrent la pipe, un cri perçant et glacial lui transperça les oreilles. Silas lâcha la pipe, ne laissant qu'une silhouette dans la poussière là où elle se trouvait auparavant. Son cœur tambourinait dans sa poitrine et ses mains commençaient à trembler. Silas pivota, essayant de localiser l'origine du cri — soudain, il se figea sur place.

La porte menant à la chambre était sombre. Seule une infime quantité de lumière provenant de la fenêtre éclairait le lit dans le coin — mais ce n'était pas ce qui effrayait Silas. Dans l'encadrement de la porte se tenait une silhouette sombre et sans visage. Une ombre occupait tout le cadre. La terreur parcourut les veines de Silas, il avait l'impression de ne plus pouvoir respirer, et son souffle se glaça dans l'air.

Silas fila comme l'éclair vers la porte d'entrée, ne voulant pas découvrir ce qu'était, ou qui était, cette mystérieuse silhouette. L'enfonçant d'un coup de pied, il s'élança à travers les bois. Sa respiration devint épaisse et rapide tandis qu'il gardait les yeux fixés sur le ruisseau qui le ramènerait chez lui.

*Ne te retourne pas ! Ne te retourne pas !* Silas se répétait sans cesse alors que le cri le suivait à travers les bois jusqu'à chez lui.

Le cri semblait se déplacer avec le vent, faisant bruisser les feuilles dans les arbres et provoquant l'envol des oiseaux. Voir les oiseaux s'enfuir ne fit qu'encourager Silas à courir plus vite. Étaient-ce des pas qu'il entendait derrière lui ? Était-il poursuivi ? Ses parents ne seraient pas à la maison avant des heures ; il était seul.

Sa maison apparut enfin en vue, mais dans son état d'esprit terrifié, chaque pas semblait l'emmener à des kilomètres dans la direction opposée. Plus il était désespéré d'entrer et de verrouiller les portes, plus ses pieds semblaient courir lentement. Alors qu'il était presque arrivé, Silas trébucha et chancela juste avant les marches de la véranda arrière. Se débattant dans la terre, enfonçant ses doigts dans le sol, il bondit sur ses pieds, montant les marches deux par deux. Puis, poussant la porte, il s'engouffra à l'intérieur, la claquant derrière lui, tournant la clé, et la verrouillant fermement.

La porte arrière avait un grand panneau vitré en son centre. Trop effrayé pour regarder en arrière au cas où quelque chose l'aurait suivi, Silas traversa en courant la cuisine, la salle à manger et monta l'escalier. Passant en trombe devant la chambre de ses parents, il parcourut le dernier étage, verrouilla sa porte. Il poussa sa commode devant sa porte et se glissa sous son lit.

Tremblant de la tête aux pieds, Silas tint sa main sur sa bouche pour cacher sa respiration haletante. Silas ne se souvenait pas d'avoir déjà ressenti une telle frayeur. Une peur authentique comme nulle autre. Une peur qu'il ne pouvait pas mettre en mots. Les yeux fermement clos, il écoutait attentivement chaque grincement et craquement que faisait la maison. Un bruit de griffures sur la fenêtre fit se recroqueviller Silas encore plus étroitement. Qui — ou quoi — était là dehors ? Était-ce l'arbre qui tapait contre sa fenêtre ? Entendait-il des pas montant l'escalier ? Quand ses parents seraient-ils de retour ?

Silas voulait désespérément appeler sa mère, mais elle avait son téléphone. Le téléphone fixe était dans la cuisine, près de la porte arrière. Et Silas était déterminé à ne pas quitter cette pièce de sitôt. Des heures passèrent alors que Silas attendait sous son lit. Son esprit fourmillait de scénarios sur l'origine possible de ce cri, sur ce qu'était la silhouette dans l'encadrement de la porte, et comment elle le traquerait pendant son sommeil. Il s'était endormi et la maison était silencieuse quand il se réveilla. Rien ne l'avait suivi, alors qu'est-ce qu'était ce bruit ?

— Silas ? Nous sommes rentrés ! lança sa mère d'une voix joyeuse depuis le couloir.

# 6

— J'ARRIVE TOUT DE SUITE, cria Silas en rampant pour sortir de sous son lit.

— Pas de précipitation, mon chéri, je t'appellerai quand le dîner sera prêt, lui répondit sa mère en criant.

Silas s'assit sur le sol de sa chambre ; il était resté sous son lit pendant des heures. Grimpant sur son lit, il jeta un coup d'œil par la fenêtre en direction des bois. Tout semblait normal. Rien n'était venu le chercher ; rien ne paraissait perturbé, comme si un monstre avait traversé les bois. Il se sentait idiot.

Assis sur son lit, il ouvrit son sac à dos et sortit ses photos. En les examinant, tout semblait normal. Une vieille cabane, perdue dans le temps, envahie par la nature. Ni goules ni gobelins, ni fantômes, ni ombres étranges. Silas se mit à rire de lui-même.

*J'ai eu tellement peur, et pour quoi ? Je ne suis plus un enfant*, se dit-il.

L'odeur du dîner en préparation rappela à Silas qu'il n'avait rien mangé de la journée. Il avait été si effrayé qu'il n'avait pas remarqué sa faim auparavant. Silas se précipita dans la salle de bain, prit un bain rapide et enfila un jean et un sweat-shirt pour le dîner. Mis à part son moment de folie, l'expédition dans les bois avait été plutôt amusante, et il se rendit compte qu'il avait hâte de tout raconter à ses parents.

SILAS BONDIT dans la salle à manger au moment où sa mère servait le repas.

— Quelqu'un semble de bonne humeur. Tu as passé une bonne journée ? demanda sa mère, en l'embrassant sur le front tandis qu'il prenait place.

— Oui. J'espère que ça ne te dérange pas que j'aie emprunté ton vieux Polaroid, dit Silas, en attaquant ses spaghettis.

— Le vieux Polaroid ? Je suis surpris que ce truc fonctionne encore, rit son père.

— Vas-y, mon fils, raconte-nous ta journée, rayonna sa mère.

Silas parlait entre les bouchées, faisant glisser des photographies sur la table. Il donna des descriptions détaillées de chacun des oiseaux et insectes. Il parla du ruisseau et de la façon dont les arbres poussaient selon des motifs inhabituels.

— Et puis j'ai trouvé... Silas sentit un frisson le parcourir à nouveau.

Voulait-il parler de la cabane à ses parents ? Sa mère serait-elle fâchée qu'il se soit aventuré si loin ?

— Troufé quoi ? demanda son père la bouche pleine, s'attirant un regard désapprobateur de sa femme.

— Une vieille cabane, regarde, dit Silas en faisant glisser la photo vers son père, ses mains tremblant à cette pensée.

— Ah oui, l'agent immobilier a dit que cet endroit avait autrefois un gardien. Ça explique pourquoi le terrain est si sauvage. Personne n'a entretenu les jardins depuis des années, rit son père, passant la photo à sa mère.

— Comme c'est effrayant, plaisanta sa mère, secouant moqueuse-ment les épaules et écarquillant les yeux.

— Je n'avais pas peur. Je n'ai pas peur. Je suis un grand garçon, pas un enfant, insista Silas, plus pour lui-même qu'autre chose.

— Je te taquinais juste, mon chéri, rit sa mère. Qu'as-tu trouvé d'autre, mon petit explorateur ?

Silas souleva son sac à dos et exhiba les quelques trésors qu'il avait trouvés. La conversation de sa mère et son père dériva lentement vers leurs nouveaux emplois. L'esprit de Silas s'égara à nouveau vers la cabane. Son regard fixé sur les photos éparpillées sur la table le fit se sentir plus détendu. Néanmoins, il voulait garder pour lui le reste des détails de sa rencontre avec la cabane.

— Maman ? Est-ce que je peux récupérer mon téléphone maintenant ? demanda Silas.

— Non, mon chéri. Tu n'en as pas besoin ; regarde comme tu t'es amusé sans lui. C'est la première fois que je te vois autant sourire depuis notre déménagement. Donc, finis de déballer tes affaires dans ta chambre et pendant que ton père et moi serons au travail demain, prends ton vélo et va en ville. Fais-toi de nouveaux amis, et ensuite je réfléchirai à te rendre ton téléphone.

— Allez, Joanna, rends son téléphone au garçon. Il a compris la leçon, insista son père.

Le regard de sa mère se durcit, et elle lança instantanément à son mari un coup d'œil qui le fit taire.

— Ouais, pas de téléphone jusqu'à ce que ta mère le dise.

Silas ne put s'empêcher de rire, s'attirant un clin d'œil et un sourire de sa mère.

— C'est pour le mieux, mon chéri. Je sais à quel point tes anciens amis te manquent. Mais avant que tu ne recommences l'école à l'automne, tu devrais profiter de ce temps pour te faire de nouveaux amis. Comment te feras-tu de nouveaux amis si tu restes fixé sur les anciens ? Bien sûr, tu ne les oublieras pas. Ils peuvent toujours venir te rendre visite, mais tu as aussi besoin d'amis ici, sourit sa mère.

Chaque fois qu'elle donnait à Silas ce regard chaleureux et aimant qui se transformait en yeux de chien battu, Silas ne pouvait s'empêcher de sentir l'amour pour sa mère grandir dans son cœur. Il savait qu'elle avait raison et qu'elle voulait son bien. Il avait peut-être été en colère et réticent au début, mais s'il se considérait comme un adulte, il devait arrêter d'agir comme un enfant.

— Tu as raison, Maman, sourit Silas, se dirigeant vers la chaise de sa mère et la serrant fort dans ses bras.

## 7

Silas prit son petit-déjeuner avec ses parents le lendemain avant qu'ils n'aillent travailler. Ils lui firent signe d'au revoir, et Silas les regarda jusqu'à ce que la voiture disparaisse de son champ de vision. Il avait promis à sa mère qu'il irait en ville pour se faire de nouveaux amis. Mais toute la nuit, il avait pensé à la cabane dans les bois derrière sa maison. Silas avait promis à sa mère, c'est vrai, mais il s'était aussi fait une promesse à lui-même. Il s'était juré d'y retourner et d'y rester au moins une heure pour se prouver qu'il n'avait rien à craindre.

Silas se dit qu'il pourrait toujours aller en ville après être passé à la cabane.

Armé de son sac à dos rempli de collations et de l'appareil Polaroid de son père, Silas prit une profonde inspiration et suivit le ruisseau à travers les bois. Lorsqu'il retrouva enfin la cabane, il lui fallut un moment pour rassembler son courage et entrer. Il fit le tour, regardant par chaque fenêtre pour voir s'il y avait des changements depuis la veille. Il n'y avait pas d'empreintes de pas dans la terre. Aucune trace dans la poussière à part ses propres empreintes affolées là où il avait couru.

Cette fois, Silas entra par la porte d'entrée. Dès que son pied franchit le seuil, il enclencha le minuteur de sa montre, programmant son alarme pour une heure. Puis, debout dans le salon, Silas resta parfaitement immobile, fixant l'encadrement de la porte de la chambre. Lentement, il fit un pas en avant, puis un autre, lui donnant une meilleure vue de l'intérieur. Enfin, il marcha droit vers le cœur de la pièce.

Il n'y avait rien de spécial dans cette pièce ; en fait, Silas la trouva décevante par rapport au reste de la maison. La fenêtre était presque envahie par l'arbre qui poussait à l'extérieur, ne laissant filtrer qu'une infime quantité de lumière à travers les branches. Un tissu blanc déchiré pendait du cadre de la fenêtre, vestige d'une paire de rideaux ; l'autre moitié gisait sur le sol, couverte de saleté.

Sous la fenêtre se trouvait un lit simple à cadre en bois. Son matelas était déchiré avec des ressorts qui dépassaient dans des angles bizarres. Le seul autre meuble dans la pièce était une petite chaise dans le coin. La chambre n'était peut-être pas aussi intéressante que le reste de la maison, mais Silas prit néanmoins autant de photos que possible.

Parcourir les pièces ne prit pas longtemps. Silas arpenta la petite cabane jusqu'à ce qu'un bip sonore le fasse sursauter. Une heure s'était écoulée. Rien ne s'était produit. Pas de cris, pas d'ombres. Tout allait bien. Silas éclata de rire, son côté lui faisant mal à force de rire si fort.

*J'étais vraiment stupide. Je savais qu'il n'y avait rien à craindre. C'était tout dans mon imagination. Un jeu de lumière*, pensa Silas.

Sur le chemin du retour, Silas admira ses photos et la nature qui entourait sa maison avec une nouvelle confiance en lui. Peut-être pourrait-il aller en ville et se faire de nouveaux amis après tout.

LE VÉLO de Silas n'avait rien de spécial, mais pour son anniversaire l'année précédente, ses parents lui avaient acheté exactement le même que celui de Jake et Ben. Ça signifiait beaucoup pour lui d'avoir le même vélo que ses amis.

La maison de Silas se trouvait à huit kilomètres de la ville la plus proche. Une longue route de terre sèche et poussiéreuse, autrefois une ancienne voie ferrée, servait de seule route à sens unique reliant toutes les maisons le long de ces huit kilomètres à la ville. C'était une balade excitante, donnant à Silas le temps de réfléchir et de préparer mentalement un discours sur la façon dont il se présenterait à tous les nouveaux enfants qu'il rencontrerait.

D'après ce que Silas pouvait voir, la plupart des maisons aux alentours étaient comme la sienne - clôturées pour plus d'intimité avec une longue allée avant d'atteindre la propriété, toutes cachées par des arbres de sorte qu'on ne voyait pas les maisons ou qu'on ne savait même pas qu'elles étaient là.

Le soleil brillait intensément, et à mi-chemin de la ville, Silas avait soif. Il enleva son sac, en sortit une bouteille d'eau désormais tiède et prit une gorgée bienvenue. Devant lui, il pouvait entendre les bruits de la ville. Moteurs de voitures, voix étouffées, rires et machines rappelaient à Silas l'atelier de réparation automobile de la grande ville. Une multitude d'odeurs descendait le long de la route, faisant gargouiller l'estomac de Silas. Il continuait à pédaler, imaginant les magasins de la ville. Il pouvait sentir l'odeur d'une boulangerie et peut-être d'une boucherie alors qu'il se rapprochait, ou était-il si affamé qu'il imaginait pouvoir tout sentir ?

EN ARRIVANT EN VILLE, Silas ne fut pas déçu. Bien que la ville soit petite et pas aussi grouillante de vie qu'il l'avait espéré, tous ceux qu'il croisait à vélo lui souriaient et lui faisaient signe. Tout le monde semblait si accueillant et amical. Il y avait effectivement des boucheries, des boulangeries et un fleuriste dans la ville, ainsi qu'une librairie, une épicerie, un bar et une bibliothèque. Au centre-ville se dressait une imposante fontaine à deux étages entourée d'un magnifique jardin luxuriant de roses, de violettes et de lys.

En s'approchant de la fontaine, Silas remarqua quatre, peut-être cinq vélos comme le sien appuyés contre la fontaine. Suivant le son des rires qui couvrait le bruit de l'eau qui coulait, Silas vit un groupe de garçons. Certains étaient sur des planches à roulettes, d'autres sur des patins à roulettes. Les garçons avaient à peu près l'âge de Silas, mais quelques-uns semblaient avoir un ou deux ans de plus. Ils riaient entre eux et s'apprenaient mutuellement des tours. Silas s'arrêta et les regarda un moment, caché par un grand buisson à la lisière du jardin.

*Salut, je m'appelle Silas. Je suis nouveau en ville, est-ce que je peux être votre ami ? Non, c'est nul*, se maudit Silas. *Salut, je suis nouveau en ville. Est-ce que je peux traîner avec vous ? Wow, ça a l'air trop cool. Vous pouvez m'apprendre ?*

Plus Silas les regardait et plus les présentations qu'il imaginait lui semblaient ridicules, plus son estomac se nouait. Ces garçons n'étaient rien comme ses amis de chez lui, et ils étaient nombreux. Peut-être aurait-il osé dire bonjour s'ils n'avaient été que deux ou trois. Mais le cœur lourd et avec une nouvelle vague de solitude mêlée au mal du pays, Silas fit demi-tour et commença à pédaler hors de la ville vers la nouvelle maison qu'il ne pouvait toujours pas appeler chez lui.

Juste au moment où Silas atteignait la sortie de la ville, sur le point de s'engager sur la longue route de terre sèche et poussiéreuse qui serait un trajet à vélo solitaire et éprouvant de huit kilomètres, il entendit une sonnette. Un doux tintement métallique l'arrêta net. En regardant par-dessus son épaule, il vit une fille à l'allure étrange.

Son vélo semblait vieux et usé, dans des tons bruns et crème. Elle portait une simple robe blanche qui lui descendait sous le genou avec des tournesols blancs et jaunes autour de l'ourlet. Ses cheveux étaient dorés comme le soleil et attachés en deux tresses qui tombaient sur ses épaules. Son visage était couvert de taches de rousseur qui s'étendaient sur son nez. Et ses mains étaient couvertes de gants en dentelle blanche.

Silas parut surprise lorsque la fille lui fit signe, un geste petit mais raide. Lentement, Silas sourit et lui rendit son salut, attendant que la fille le rejoigne sur son vélo.

—Salut, je m'appelle Cassandra. Comment tu t'appelles ? demanda la fille.

En y regardant de plus près, Silas réalisa qu'elle était plutôt jolie. Elle avait un petit nez rond en forme de bouton, des yeux vert foncé, et une petite bouche fine avec des pommettes hautes qui devenaient rouges comme des pommes quand elle souriait.

—Je m'appelle Silas, je suis nouveau en ville, sourit Silas en retour.

—Je m'en doutais. Je ne t'ai jamais vu par ici avant, gloussa Cassandra.

—Oui, mes parents et moi avons emménagé il y a un peu plus d'une semaine. J'habite juste au bout du chemin de terre, tout en haut, Silas pointa vers chez lui.

—Oh mon Dieu, moi aussi ! Tu veux qu'on rentre ensemble à vélo ? demanda Cassandra avec excitation.

—Bien sûr, pourquoi pas ? sourit Silas.

Tandis qu'ils roulaient sur le chemin de terre, ils parlèrent de combien ils trouvaient l'autre bizarre.

Cassandra fit des remarques sur le nom étrange de Silas et son accent curieux, et Silas commenta sur son vélo d'apparence ancienne et ses vêtements de grand-mère. Aucun des deux ne s'offensa, riant de chaque commentaire.

—On se retrouve au bout du chemin demain pour retourner en ville ensemble ? demanda Cassandra.

—J'aimerais bien, sourit Silas.

Ils roulèrent encore un peu avant que Silas ne s'arrête pour dire qu'il était arrivé chez lui. Quand il se retourna, Cassandra avait disparu.

*Oh, c'est pour ça qu'elle a demandé qu'on se retrouve demain. Oh mince, j'ai été tellement malpoli de ne même pas lui dire au revoir. J'espère qu'elle ne m'en voudra pas*, pensa Silas en poussant ses portails et en roulant vers la maison.

## 8

---

L E   L E N D E M A I N   quand Silas descendit la route de terre vers la ville à vélo, il fut ravi de voir Cassandra qui l'attendait exactement à l'endroit où ils avaient convenu de se retrouver. Après sa disparition lors de leur balade à vélo la veille, Silas craignait que cette amitié ne soit qu'une plaisanterie ou une ruse cruelle orchestrée par les garçons de la ville.

—Bonjour, Silas. Qu'est-ce qu'on fait aujourd'hui ? demanda Cassandra avec un sourire.

—Tu connais cette ville mieux que moi. Tu veux me la faire visiter ?

—Bien sûr, suis-moi.

Cassandra et Silas passèrent la journée à faire du vélo dans la ville. D'abord, Cassandra montra à Silas le lac qui entourait la ville depuis son endroit préféré au sommet des collines, offrant une vue parfaite sur la ville en contrebas. Ensuite, ils allèrent à la boulangerie acheter des biscuits et du gâteau, puis échangèrent des histoires près de la fontaine sur la place du village. Silas appréciait Cassandra ; elle était intelligente et drôle, et racontait les anecdotes les plus étranges. Elles intriguaient et excitaient Silas. Il avait presque oublié l'absence de son téléphone, des réseaux sociaux et de ses anciens amis de la ville. Ils explorèrent et parlèrent si longtemps que le soleil avait commencé à se coucher avant qu'ils ne s'en rendent compte.

—Oh non, je ferais mieux de rentrer avant que mes parents ne s'inquiètent. Ils doivent déjà être rentrés du travail, expliqua Silas.

—On se retrouve demain ? demanda Cassandra.

—Bien sûr, sourit Silas.

Cassandra et Silas se retrouvèrent au bout du chemin tous les jours de la semaine suivante. Le deuxième jour, ils se rendirent au lac à l'autre bout de la ville. C'était une journée glorieusement ensoleillée, et ils voulaient se rafraîchir. Silas avait préparé un pique-nique à déguster après leur baignade. Cassandra était une excellente nageuse ; Silas avait besoin d'un peu d'entraînement, il ne nageait pas beaucoup en ville, et Cassandra riait les quelques fois où il se débattait et manquait de se noyer.

Le jour suivant, ils allèrent à la bibliothèque et lurent des passages de leurs livres préférés. Silas ne se fit réprimander que deux fois par la bibliothécaire à l'air sévère.

—Je n'arrive pas à croire que tu n'as jamais vu de bande dessinée avant, chuchota Silas, surveillant attentivement la bibliothécaire.

Un éclat de voix de plus, et Silas savait qu'ils seraient mis à la porte.

—J'en ai déjà vu... mais jamais celle-là. C'est si étrange. J'adore. C'est tellement vif et coloré, et l'idée d'un homme qui peut voler est stupéfiante, s'enthousiasma Cassandra.

—Cette ville est vraiment au milieu de nulle part si tu n'as jamais entendu parler de Superman, plaisanta Silas.

—Silas, quelle heure crois-tu qu'il est ? Ton père et moi étions inquiets, nous pensions que tu t'étais perdu, s'affola sa mère en le serrant fort dans ses bras quand il rentra.

—Désolé, j'étais pris avec Cassandra. Avant qu'on s'en rende compte, la journée était déjà finie, répondit Silas.

—Qui est Cassandra ? demanda son père avec un sourire malicieux.

—Ma nouvelle amie. Elle est super cool. Elle s'habille bizarrement et parle un peu étrangement, comme une vieille dame. Comme Mamie, mais elle est cool. Elle m'a fait visiter toute la ville, et on est rentrés ensemble à vélo. Elle habite dans le coin aussi, gazouilla Silas, ravi de parler de sa nouvelle amie.

—C'est adorable, mon chéri ; je suis contente que tu te fasses des amis.

—On dirait que tu n'as pas besoin de ton téléphone tout le temps après tout, dit son père avec un clin d'œil.

Pour le reste de la semaine, pendant le dîner, Silas ne parlait que de Cassandra et des aventures qu'ils avaient vécues ce jour-là. Ils étaient rapidement devenus de proches amis.

—Tu devrais l'inviter à dîner un de ces soirs, proposa la mère de Silas.

—Je le ferais bien, mais son père est strict — elle doit être rentrée avant la nuit et n'a pas le droit de sortir après. Je crois qu'il travaille dans la police ou quelque chose comme ça. Elle a mentionné qu'il était officier. C'est aussi pour ça que je ne suis pas encore allé chez elle. Elle n'a pas le droit d'inviter des amis sauf quand ses parents sont à la maison, répondit Silas.

—C'est intelligent. J'aime bien ce que j'entends de son père. Je suis d'accord pour ne pas autoriser les amis à la maison quand on est seul.

—Peut-être qu'un soir on pourrait inviter ses parents aussi ? demanda Silas.

—Wow, tu dois vraiment l'aimer, cette fille, gazouilla son père.

—Papa, c'est juste mon amie, rougit Silas.

## 9

Silas dormait paisiblement dans son lit, chaudement enveloppé dans son épaisse couverture. Il rêvait des aventures que Cassandra et lui avaient prévues pour le lendemain et de la présentation qu'il ferait d'elle à Louise, Caroline, Jake et Ben quand ils viendraient enfin leur rendre visite. Silas était heureux, content et impatient de commencer l'école à l'automne pour la première fois depuis son déménagement à Golden-Vale.

Son état de rêve paisible fut soudainement perturbé par le même cri glaçant qu'il avait entendu lorsqu'il avait découvert la cabane. Se redressant d'un coup, Silas haletait, pressant sa main contre sa poitrine. Il sentait son cœur battre la chamade. Puis, se sentant plus courageux qu'avant, il jeta un coup d'œil par sa fenêtre. Il faisait trop sombre pour voir si quelque chose sortait de l'ordinaire.

Silas pouvait encore entendre les ronflements sonores de son père provenant de l'étage en dessous. Comment ses parents avaient-ils pu dormir à travers ça ? L'avaient-ils entendu ? Curieux, Silas se faufila jusqu'à la chambre de ses parents. Jetant un coup d'œil discret, il vit qu'ils dormaient toujours profondément.

*Avec les ronflements de papa et les bouchons d'oreilles de maman, c'est logique qu'ils n'aient rien entendu*, se dit Silas.

Curieux et étonnamment pas effrayé, Silas décida de continuer à faire preuve de courage. Au moins, il aurait une autre histoire amusante à ajouter à sa collection et quelque chose d'excitant à raconter à Cassandra le lendemain matin. Il s'habilla rapidement, attrapa une lampe de poche et son appareil photo, et descendit l'escalier aussi silencieusement que possible.

Se faufilant par la véranda arrière, Silas suivit le ruisseau jusqu'à la cabane. La traversée nocturne des bois était plus effrayante que de pister un mystérieux monstre hurlant dans une maison abandonnée. Les bois semblaient vivants. Les grillons chantaient. Les hiboux hululaient. Chaque bruissement dans les buissons et craquement de branche faisait sursauter Silas. Mais il était en mission et n'avait pas l'intention de rentrer chez lui avant d'avoir vérifié la cabane.

Finalement, la cabane apparut ; elle était plus sinistre la nuit. Le vent sifflait à travers le bâtiment, mais à part ça, quand Silas fit son inspection, tout semblait normal. Il n'avait pas entendu d'autre cri depuis qu'il avait quitté sa chambre. La cabane était exactement comme il l'avait laissée. Confus et légèrement déçu, Silas rentra chez lui.

Silas ne comprenait pas comment ses parents n'avaient pas été réveillés. Avait-il été le seul à entendre le cri ? Cassandra habitait tout près. Silas se demandait si elle l'avait entendu aussi. Il prévoyait de lui demander le matin et espérait qu'elle ne s'était pas aventurée dehors pour chercher comme lui l'avait fait.

—JE PARS RETROUVER CASSANDRA. Bonne journée au travail, lança Silas à ses parents.

—Silas, attends. Voici ton téléphone, sourit sa mère.

—Merci, maman. À plus tard.

Silas attendit au bout de l'allée pendant une demi-heure. Aucun signe de Cassandra. Il attendit un peu plus longtemps, mais toujours rien.

*Peut-être qu'elle a décidé d'aller en ville*, pensa Silas.

Silas fit le tour de la ville à vélo, mais sans succès. Il vérifia tous leurs endroits préférés : le lac, la boulangerie, la fontaine et la bibliothèque. Finalement, Silas abandonna et rentra chez lui. Il se sentait idiot ; il ne lui avait jamais proposé de la raccompagner, donc il ne savait pas où elle habitait. Et même sans son portable, il n'avait jamais demandé son numéro de téléphone fixe. Il n'avait donc aucun moyen de la contacter. Une étrange sensation de malaise lui disait que quelque chose n'allait pas, et il espérait qu'elle allait bien.

Trois jours passèrent, et Silas n'avait toujours pas revu Cassandra. Inquiet, il décida de retourner en ville à vélo et de demander si quelqu'un l'avait vue. Il commença par le lac. Des groupes d'enfants de tous âges nageaient, dansaient sur la musique de leurs radiocassettes et mangeaient sur des couvertures de pique-nique.

*Cassandra adorerait ça*, pensa Silas.

—Salut les gars, avez-vous vu Cassandra... oh zut, je ne connais pas son nom de famille. Elle est un peu bizarre, blonde, et elle roule sur un vieux vélo rouillé. Vous m'avez probablement vu avec elle en ville, demanda Silas à un groupe de garçons sur des skateboards.

—Je ne connais personne dans cette ville qui s'appelle Cassandra, répondit l'un des garçons.

—Eh bien, elle habite sur le chemin de terre comme moi, dit Silas.

—Mec, c'est une petite ville. Même si tu vis à des kilomètres, tout le monde connaît tout le monde ici, se moqua un autre.

Silas continua plus loin sur la berge, interrogeant un groupe de filles et une petite famille. Il mentionna que son père était officier, espérant que l'un des adultes le connaîtrait, mais personne ne le connaissait. Confus et plus inquiet que jamais, il se dirigea vers la boulangerie.

—Bonjour Madame Jackson, avez-vous vu Cassandra ? Je ne l'ai pas vue depuis quelques jours, et je commence à m'inquiéter. Personne d'autre ne semble la connaître non plus. C'est bizarre.

—Cassandra ? Qui est Cassandra ? demanda Mme Jackson tout en servant un autre client.

—La fille avec qui je fais du vélo en ville. Nous sommes venus ici plus tôt dans la semaine. Vous devez vous en souvenir, insista Silas.

—Désolée, mon chou. Je ne me souviens pas t'avoir vu avec qui que ce soit. Mais pour être honnête, je me faisais du souci pour toi.

—Pourquoi ? demanda Silas.

—Eh bien, il y a beaucoup d'enfants dans cette ville, mais tu es toujours seul, répondit Mme Jackson, se précipitant pour arrêter l'alarme du four à gâteaux, lui indiquant que la prochaine fournée de cupcakes était prête.

Silas essaya la fontaine, la librairie et le commissariat, encore plus confus que jamais. Tout le monde le regardait comme s'il était devenu fou. Personne ne connaissait de Cassandra, et aucun des officiers de la station n'avait de fille, sœur ou nièce appelée Cassandra non plus.

—C'est si triste. Ces enfants des grandes villes ont toujours du mal à s'adapter à la vie dans une petite ville. Il s'est persuadé que son amie imaginaire est réelle, entendit Silas dire par la fleuriste à l'un de ses clients.

*Amie imaginaire ? Pourquoi pensent-ils cela ?*

Silas se sentait frustré, presque au bord des larmes. Il s'inquiétait pour Cassandra. Il était troublé que personne ne la connaisse et détestait que tout le monde le prenne pour un fou. Quelque chose n'allait pas.

## 10

SILAS N'AVAIT JAMAIS ÉTÉ du genre à abandonner et était déterminé à ne pas rentrer chez lui avant d'avoir trouvé quelqu'un qui connaissait Cassandra. Il repensa à leur amitié d'une semaine et décida que sa dernière chance était la bibliothèque. La vieille bibliothécaire acariâtre leur avait demandé de se taire à plusieurs reprises. Elle devait forcément savoir qui était Cassandra. Elle aurait un registre avec sa carte de bibliothèque, son adresse et son numéro de téléphone.

Une vague d'excitation le traversa, faisant apparaître des frissons sur sa peau. Enfin, Silas se sentit détendu, soulagé et plein d'espoir. Les réponses n'étaient qu'à quelques coups de pédale. La journée avait été suffisamment folle, maintenant qu'il était proche d'obtenir des réponses. Il avait aussi hâte de raconter cette journée bizarre à ses parents.

La bibliothèque était pratiquement vide. La plupart des enfants étaient au lac car c'était la journée la plus chaude de l'année. La vieille bibliothécaire acariâtre était assise derrière son bureau en train de lire. Elle n'avait même pas remarqué l'entrée de Silas. Il déambula silencieusement dans la bibliothèque, vérifiant tous les rayons où Cassandra et lui avaient passé du temps ensemble. Silas avait espéré la trouver en train de lire un de ses vieux livres préférés ou s'extasier devant les bandes dessinées, mais elle n'était pas dans la bibliothèque non plus.

— Excusez-moi, chuchota Silas, en tapotant doucement du bout des doigts sur le bureau devant la bibliothécaire.

Refermant élégamment son livre et jetant un coup d'œil par-dessus ses lunettes en demi-lune, la bibliothécaire regarda enfin Silas.

— Oh, le garçon bruyant de l'autre jour. Comment puis-je vous aider ?

— J'ai peur. Je ne trouve pas mon amie. J'ai cherché dans toute la ville et j'ai demandé à tout le monde, mais ils me regardent tous comme si j'étais fou. Je ne suis pas fou. Ça fait trois jours, paniqua Silas.

— Je suis désolée, mais je ne peux pas vous aider. Avez-vous essayé le poste de police ? demanda la bibliothécaire.

Elle sortit de derrière son bureau et commença à pousser un chariot de livres qui devaient être rangés. Elle essayait d'éviter de parler à Silas, mais celui-ci n'allait pas abandonner aussi facilement. La bibliothécaire était son dernier espoir.

— J'ai essayé le poste de police et on m'a dit d'arrêter de faire perdre du temps à la police. La fleuriste a même suggéré que j'avais une amie imaginaire, mais ce n'est pas le cas. Vous nous avez vus ensemble.

— Vous voir avec qui ?

— Cassandra, mon amie. Vous nous avez dit de nous taire quand nous riions l'autre jour.

La bibliothécaire s'arrêta net, posant une main sur sa hanche. Elle se retourna et examina Silas de haut en bas. Puis, levant les yeux au ciel, elle soupira et continua à ranger les livres.

— Je n'ai aucune idée de ce dont vous parlez. Vous étiez seul la dernière fois que vous étiez ici. J'ai trouvé que vous étiez impoli et un peu étrange. Assis à vous parler tout seul comme ça.

— Quoi ? Je n'étais pas seul. Elle était ici avec moi, insista Silas.

— Je ne sais pas quoi vous dire, petit monsieur. Je ne vous ai jamais vu qu'en solitaire. Maintenant, si vous voulez bien m'excuser, j'ai du travail à faire.

Silas resta figé sur place. Commençant à s'énerver que personne ne le prenne au sérieux, il courut devant le chariot de la bibliothécaire et la força à s'arrêter pour l'écouter.

— Vous *devez* vous souvenir de l'avoir vue avec moi. Elle est blonde avec une frange et de longues tresses. Elle a des taches de rousseur sur les joues et le nez...

Tandis que Silas continuait à décrire Cassandra avec autant de détails que possible, les yeux de la bibliothécaire s'écarquillèrent.

Lentement, elle retira ses lunettes et serra son collier de perles. Elle semblait effrayée. Sa respiration devint courte et saccadée. Toute couleur disparut de ses joues, et elle frissonna comme si une brise froide l'avait traversée.

— Comment avez-vous dit qu'elle s'appelait ?

— Cassandra, répondit Silas.

La bibliothécaire regarda par-dessus son épaule, vérifiant l'affluence dans la bibliothèque, avant de prendre doucement la main de Silas et de le conduire à l'arrière du bâtiment vers le vieux lecteur de microfiches. La machine mit un certain temps à s'allumer. On aurait dit qu'elle n'avait pas été utilisée depuis des années, recouverte d'une épaisse couche de poussière.

Silas observa nerveusement tandis que la bibliothécaire commençait à parcourir de vieux journaux. Des gros titres défilaient devant ses yeux alors qu'elle remontait plus loin dans le temps. Finalement, elle s'arrêta sur la photo d'une jeune fille souriante devant une maison, tenant son nouveau vélo. Derrière elle se tenait un homme en uniforme militaire avec une pipe fumante serrée entre ses dents.

— Est-ce elle ? demanda la bibliothécaire en pointant l'écran.

— Oui. Mais je ne comprends pas, haleta Silas.

La maison sur la photo était la sienne. C'était indéniable ; juste à côté du porche se trouvait la voiture, mais elle semblait toute neuve. La photo était datée de *1922*. Elle avait cent ans.

— Je n'arrive pas à y croire, s'exclama la bibliothécaire.

— C'est ma maison. Qui est-elle ? Que se passe-t-il ? paniqua Silas.

— C'était la fille du général. Elle a été internée dans un asile psychiatrique quand elle a commencé à se comporter étrangement.

— Étrangement comment ? demanda Silas.

— Comment vous appelez-vous ?

— Mon nom ? Silas Jones, pourquoi ? répondit Silas.

— Oh, mon Dieu, paniqua la bibliothécaire en s'éventant d'une main.

— Qu'est-ce qui ne va pas ? demanda Silas.

— Lisez.

Effrayé, Silas se retourna vers l'écran et commença à lire. Soudain, l'air autour de lui devint froid. Son cœur battait dans sa poitrine et ses mains tremblaient. Il n'arrivait pas à croire ce qu'il lisait.

L'article racontait l'histoire déchirante de la fille du général, qui un jour avait commencé à se comporter étrangement. On l'avait trouvée en train d'interagir avec un garçon invisible qu'elle prétendait venir du futur. Sa mère avait supplié son père de ne pas la faire interner, mais le général était un homme dur qui l'avait traînée hors de sa chambre. Cassandra avait supplié son père de la croire. Elle lui avait parlé des livres que le garçon lui avait montrés, à propos d'un homme qui pouvait voler et portait une cape rouge. Elle avait essayé de prouver ses dires en décrivant ce garçon qui venait d'emménager en ville depuis la grande métropole. Mais rien de ce qu'elle disait ne pouvait convaincre son père qu'elle était saine d'esprit. Alors que le personnel de l'asile l'emmenait hors de chez elle, elle avait crié si fort qu'on pouvait l'entendre à travers toute la ville. Les derniers mots de l'article firent reculer Silas de peur. Les dernières paroles de Cassandra avant que son père ne la fasse interner.

« *Silas Jones. Son nom est Silas Jones !* »

Fin.

# MOULINÉ

## 11

C'ÉTAIT ENCORE cette période de l'année. Gordon, le gardien du phare, devait prendre ses deux semaines de vacances comme il l'avait fait chaque été depuis trente ans. Cette année, il prévoyait d'aller dans le nord rendre visite à sa fille. Elle venait de donner naissance au cinquième petit-enfant de Gordon, un magnifique petit garçon nommé John.

Gordon attendait peut-être ses vacances avec impatience chaque année, mais ce n'était pas le cas du reste de la petite ville côtière. Avec le gardien du phare parti pour son voyage annuel, quelqu'un de la ville devrait s'occuper du phare.

Le phare avait une histoire — une histoire de transformation de quiconque y entrait. Des volontaires précédents avaient disparu, étaient morts, ou n'avaient plus jamais été les mêmes. Alors, quand le fils du boucher était revenu après ses deux semaines de service dans le phare, blanc comme un linge et incapable de formuler une phrase, tout le monde avait compris que quelque chose n'allait pas. Quand les semaines se sont transformées en mois, et que le pauvre garçon sursautait toujours à sa propre ombre et souffrait de terreurs nocturnes violentes, les autres habitants de la ville ont rapidement cessé de se porter volontaires.

La subsistance de la ville dépendait des navires. Ils arrivaient chargés de produits. Et les touristes arrivaient sur des croisières fluviales pour explorer la riche histoire de la ville. Pour que la ville survive, quelqu'un devait s'occuper du phare pendant ces deux semaines. Des rumeurs se sont répandues comme une traînée de poudre selon lesquelles Gordon était au courant des choses étranges qui se produisaient pendant ces deux semaines d'été, et que c'était pour cela qu'il partait. D'autres rumeurs prétendaient que Gordon assassinait les volontaires. Et s'il ne pouvait pas les tuer, il les effrayait à en mourir. Les histoires circulaient et semblaient plus folles et plus tirées par les cheveux les unes que les autres. Mais une chose était sûre : personne ne voulait se porter volontaire.

— Oyez, oyez, rassemblez-vous tous ! cria le crieur public. Il était prêt à lire l'avis du maire.

Une petite foule se rassemblait pour écouter les nouvelles.

— C'est encore cette période de l'année où un volontaire doit s'occuper du phare. Cette année, le maire offre un salaire de cinq cents dollars pour encourager les volontaires. Pour vous inscrire, veuillez vous rendre au bureau du maire. Les candidatures des volontaires se terminent vendredi ! appela le crieur en sonnant sa cloche.

La foule gémit et continua sa vie quotidienne. Aucune somme d'argent ne semblait suffisante. À la fin de la semaine, comme personne ne s'était inscrit, le maire envoya un autre message proposant d'augmenter la paie à huit cents dollars. Mais personne n'accepta toujours le travail. Finalement, le maire, à bout de patience, convoqua une réunion municipale.

— Comme personne ne semble vouloir se porter volontaire pour s'occuper du phare à partir de maintenant, je vais organiser une loterie. Un nom sera tiré au hasard du chapeau, et cette personne s'occupera du phare jusqu'à ce que Gordon revienne de ses vacances, déclara le maire.

— Quoi ? Vous ne pouvez pas nous y forcer ! protestèrent les habitants.

— Quel choix ai-je ? L'été est notre période la plus chargée de l'année. Si nous négligeons le phare, notre petite ville s'effondrera.

Notre économie a besoin de ce phare. J'ai offert un salaire très généreux pour un poste de deux semaines, mais cela ne semble pas fonctionner. Donc, une loterie sera mise en place. Si vous ne souhaitez pas y participer, vous êtes libre de quitter la ville. Aucune vacance n'est autorisée pendant ces deux semaines d'été pour éviter les fugitifs. Ce sont les règles.

À partir de ce moment-là, la loterie du Phare était née.

— Que se passera-t-il quand Gordon prendra sa retraite ? Qui s'occupera du phare à plein temps alors ?

— Je parie que le maire organisera aussi une loterie pour ça.

La fille du banquier, Kate, fut le premier nom tiré. Elle venait d'avoir dix-huit ans et devait partir pour l'université à l'automne. Elle supplia son père d'échanger sa place et exigea un nouveau tirage, mais personne ne se manifesta.

Quand elle sortit du phare deux semaines plus tard, elle ne parla pas pendant des semaines. Elle refusait de manger et n'était plus que l'ombre d'elle-même. À la fin de l'été, elle s'était faufilée jusqu'au bord de la falaise et avait sauté dans la mer, pour ne plus jamais être revue.

Earl, le propriétaire de la flotte de pêche de la ville, fut appelé l'année suivante. Il y entra mais n'en ressortit jamais.

Cela faisait presque deux décennies que la loterie avait été créée sans que personne ne se porte volontaire. Le maire avait créé la loterie pour sauver le commerce maritime de la ville. Mais au fil des ans, de plus en plus de gens quittaient la ville. Personne ne voulait être impliqué dans la loterie ; la peur que son nom soit tiré était presque aussi terrible que la peur du vieux phare lui-même.

Comme moyen d'essayer de garder les gens en ville et de les encourager à se porter volontaires, le maire offrait un chèque de mille dollars à quiconque se portait volontaire, de la nourriture livrée gratuitement, et une petite maison à la périphérie de la ville — la maison n'irait qu'à un volontaire. Pourtant, ce n'était toujours pas suffisant.

## 12

---

JAKE et son père venaient d'emménager en ville. Une opportunité d'être chef d'équipage sur un bateau de pêche au thon s'était présentée avec un salaire deux fois plus élevé que ce à quoi le père de Jake était habitué. Un bateau était inclus, ainsi qu'une maison de trois chambres. Il était difficile pour le père de Jake de refuser ce poste.

Jake n'était pas ravi de déménager au milieu de nulle part dans une ville de pêcheurs malodorante. Mais jusqu'à ce qu'il ait assez d'argent pour avoir son propre logement et faire réparer sa voiture, il devait suivre son père partout où il allait.

Le père de Jake avait toujours insisté pour que Jake suive ses traces et devienne pêcheur. Mais Jake détestait le poisson et détestait encore plus la mer. Surfer sur les vagues ou faire une baignade rapide était amusant, mais les bateaux étaient une chose que Jake ne pouvait pas supporter. C'était un sujet qui provoquait souvent des disputes entre Jake et son père.

—Si tu ne prévois pas d'être pêcheur comme moi, ton grand-père, et son père avant lui, qu'est-ce que tu comptes faire ? Hein ? argumentait le père de Jake.

—Je ne sais pas, papa. Mais je ne veux pas être pêcheur. L'argent est minable, et ça pue, littéralement. Je veux plus de ma vie. Je veux voyager et ne pas m'inquiéter des factures, argumentait Jake.

—Ha ! Et comment vas-tu faire ça sans emploi ? Sans argent et sans plan ?

—Je trouverai, papa, mais tout ce que je sais c'est que je ne serai pas un stupide pêcheur !

Jake partit en trombe, quittant leur petite cabane sur la colline, et se dirigea vers le café en ville. Son père l'appela, mais Jake n'écoutait pas. Il avait entendu le même argument pendant des années depuis que sa mère était partie et que sa sœur aînée avait déménagé à Chicago. Il était fatigué d'avoir la même discussion et de porter toutes les attentes de son père sur ses épaules.

Une chose que Jake ne pouvait pas nier, c'était que même si son père le mettait en colère, il avait raison sur un point. Jake avait besoin d'un plan pour l'avenir et au moins d'un premier emploi pour commencer à construire son CV. Alors, attrapant un journal et commandant un café, il s'assit dans le coin du café, caché du monde, seul avec ses pensées.

Prenant un stylo, il entoura offre d'emploi après offre d'emploi et formation universitaire après formation universitaire pour s'y référer plus tard, mais rien ne lui sauta aux yeux comme la réponse à toutes ses prières. Une petite annonce était placée dans le journal offrant mille dollars pour deux semaines de travail, l'hébergement, la nourriture, et même une maison à la fin du contrat. Jake lut l'annonce quatre ou cinq fois pour s'assurer qu'il avait bien compris. Tout ce qu'il avait à faire était de s'occuper du phare au sommet de la falaise. Sortant son téléphone portable de sa poche, il appela le numéro indiqué dans l'annonce.

—Bonjour, bureau du maire. Rachel à l'appareil, comment puis-je vous aider ? répondit une voix douce.

—Bonjour, je m'appelle Jake. J'appelle au sujet du poste au phare annoncé dans le journal du comté.

—Sérieusement ?... Ne quittez pas pendant que je vous transfère.

Jake n'en croyait pas sa chance. L'annonce n'était pas une blague ; cela semblait trop beau pour être vrai. Alors, il prit rendez-vous avec le maire pour examiner l'endroit où il séjournerait et confirmer les derniers détails.

Le lendemain, Jake rencontra le maire. Le phare se dressait juste au bord de la falaise ; la vue était incroyable. La chambre où il séjournerait était au rez-de-chaussée, une petite pièce juste assez grande pour un lit simple, un petit bureau et une chaise. Le travail serait assez simple, et il pourrait surfer à la plage quand il ne travaillerait pas.

—Je dois juste confirmer quelques points. Quel âge avez-vous ? demanda le maire.

—Dix-sept ans, monsieur.

Le maire hocha la tête. —Êtes-vous sûr de vouloir prendre ce travail ?

—Vous plaisantez ? Je peux surfer pendant la journée et regarder mes séries et films préférés en streaming la nuit : nourriture gratuite, bon salaire, et ma propre maison à la fin. Personne ne me dit ce que je peux et ne peux pas faire, pas de jeunes frères et sœurs à surveiller, et je reçois mille dollars pour deux semaines de travail. Je ferais ce boulot à plein temps si je pouvais. Qu'est-ce qui ne va pas ?

—Vous n'êtes pas d'ici, n'est-ce pas ? Enfin bref. Vous commencez lundi.

—Où vas-tu ? exigea le père de Jake, bloquant la porte.

—J'ai un boulot ; hébergement inclus, répondit Jake, jetant ses affaires dans sa valise.

—Où ?

—Au phare, répondit Jake.

Son père croisa les bras et fixa Jake d'un regard noir. Jake savait que son père était en colère. Mais, avec Jake parti, qui pourrait-il commander ? Qui ferait les corvées et s'occuperait de ses jeunes sœurs, qui ne semblaient jamais vouloir faire autre chose que mettre le bazar ?

—Qui s'occupera de la maison quand je serai au travail ? Qui va s'occuper de tes sœurs ?

—Karla a seize ans, et Sam a treize ans. Papa, elles peuvent s'occuper d'elles-mêmes. Tu voulais que je trouve un travail ; tu ne peux pas être en colère que j'en aie trouvé un, lança Jake.

Jake réalisa que pour la première fois de sa vie, son père n'avait rien à dire. Jake avait dit la vérité. Il avait pris les conseils de son père et les avait utilisés contre lui. D'ailleurs, quel autre jeune de dix-sept ans tomberait sur une opportunité comme celle-ci ? Jake serait fou de ne pas la saisir.

# 13

---

JAKE ARRIVA au phare juste après l'aube. Gordon, le gardien du phare, était adossé au mur, fumant sa pipe et attendant l'arrivée de Jake. Le phare était encadré par les rayons du soleil à l'horizon. Cela donnait au phare une lueur qui indiquait à Jake qu'il avait fait le bon choix.

Le phare semblait quelque peu différent dans la lumière du matin — un grand bâtiment blanc avec un toit rouge, et un petit logement d'une pièce construit sur le côté où Jake pourrait dormir. La falaise sur laquelle se dressait le phare offrait une vue magnifique sur la mer et la plage en contrebas. Jake devenait de plus en plus enthousiaste à chaque seconde qui passait.

Gordon était un homme âgé avec une épaisse chevelure blanche et une barbe qui aurait pu passer pour celle du Père Noël. Debout dans un long manteau imperméable bleu, Gordon examinait Jake attentivement, observant la prochaine victime du phare.

—Salut, je suis Jake. Vous devez être Gordon, sourit Jake en tendant la main à Gordon pour qu'il la serre.

Gordon regarda la main tendue de Jake et rit. Puis, secouant la tête, il vida le contenu de sa pipe sur le sol, l'écrasant avec sa botte avant de faire signe à Jake de le suivre à l'intérieur.

—Laisse ta valise ici. Tu ne voudras pas la traîner dans tous les escaliers, grogna Gordon en montrant le seul cadre de lit métallique branlant.

L'unique autre porte de ce petit bâtiment menait directement au phare. La température chutait à l'intérieur de la haute structure en pierre blanche, donnant aux os un frisson étrange et troublant. Deux escaliers métalliques rouillés s'enroulaient à l'intérieur du bâtiment. L'un menait au sommet du bâtiment, et l'autre à ce qui était autrefois un espace de cave.

L'escalier menant à la cave était sombre ; Gordon sortit une lampe torche de sa poche, éclairant le chemin. La cave était minuscule et ne contenait qu'un tableau électrique derrière une cage métallique.

—Voici les disjoncteurs. Si le phare s'éteint, tu as deux choses à faire. Vérifie d'abord ici. Si c'est le circuit, appuie sur ces deux boutons. Si ces leviers ne sont pas baissés, alors ce n'est pas le circuit. Viens, suis-moi. Je vais te montrer la manivelle, grogna Gordon, se tournant et remontant les escaliers.

Derrière une énorme porte métallique grinçante, au deuxième étage, se trouvait un levier rouillé sur un plateau tournant rond connecté à plusieurs fils.

—Ceci est la manivelle. Si le circuit n'est pas le problème, alors c'est la manivelle. Tu saisis cette poignée, tu la tournes deux fois dans le sens inverse des aiguilles d'une montre, puis tu continues à la tourner dans le sens des aiguilles d'une montre jusqu'à ce que ce voyant clignote en orange. Ce voyant t'indique qu'assez d'énergie a été générée pour alimenter la lumière.

—Super, j'ai compris, sourit Jake.

—J'espère que tu es costaud ; parfois, il faut tourner la manivelle toute la journée, ricana Gordon quand il vit l'expression choquée de Jake.

—Suis-moi ; je vais te montrer où on garde les ampoules. Elle a été changée récemment donc tu ne devrais pas avoir à le refaire, mais je vais quand même te montrer.

Après que Gordon eut montré à Jake la pièce contenant les grandes ampoules rondes et expliqué comment les changer, il emmena Jake au dernier étage. La lumière était éteinte mais tournait toujours. La vue était extraordinaire. Elle s'étendait si loin qu'elle donnait à Jake l'impression que le phare était le seul endroit sur terre. Du haut du phare, il pouvait voir les rochers déchiquetés disséminés autour de la baie sur au moins trois kilomètres. Les vagues étaient assez calmes à cette heure de la matinée, et Jake pouvait voir deux nageurs matinaux escaladant les rochers et plongeant dans la mer.

—Le phare fonctionne pratiquement tout seul. Tu peux appuyer sur le bouton près de ton lit au coucher du soleil, ce qui allumera automatiquement la lumière. Une alarme sonnera si elle ne s'allume pas ou s'il y a un problème avec le circuit. Pour l'éteindre, tire la ficelle près de l'escalier et enquête. À part ça, tout est prêt. Des questions ? demanda Gordon, attrapant son sac et se dirigeant vers la sortie.

—Je ne crois pas. Ça semble assez simple, sourit Jake.

—En effet. Il n'y a qu'une seule règle. C'est assez évident, et si tu ne peux pas la comprendre, tu n'es pas fait pour ce travail. La lumière DOIT être allumée du crépuscule à l'aube. Le phare est vital pour assurer que les navires et les bateaux passent la baie en toute sécurité.

—J'ai compris, ricana Jake.

—Parfait. Voici les clés. Bonne chance. Je te revois dans deux semaines.

Jake se tenait à la porte de sa nouvelle maison temporaire et regardait Gordon se précipiter en bas de la colline vers son gros pickup jaune. Gordon jeta sa valise à l'arrière et partit à toute vitesse dans un nuage de poussière.

Le bruit de la mer se fracassant contre les rochers, les oiseaux marins chantant leur mélodie matinale, la chaleur douce et grandissante du soleil caressant sa peau, et l'odeur salée de la mer envahirent ses sens. Prenant une profonde respiration, l'air semblait plus pur et avait un goût différent si près de la mer. Mais ce que Jake ressentait le plus, c'était ce sentiment de liberté. Pour les deux prochaines semaines, il allait avoir un aperçu de la vie loin de son père.

Déballant sa valise, il plia ses vêtements dans les petits tiroirs du bureau. Il rangea ses chaussures contre le cadre de la porte et installa son ordinateur portable, se donnant la vue parfaite depuis le lit. Jake lança le dernier épisode de Breaking Bad. Il savait qu'il était en retard ; tout le monde avait fini de regarder la série des années auparavant. Mais Jake ne suivait jamais les dernières tendances et ne croyait jamais au battage médiatique. Pourtant, c'était une série qu'il aurait aimé commencer plus tôt. Démarrant la saison quatre, Jake attendit sa première livraison de nourriture avant de décider d'aller explorer la ville.

Trois coups rapides contre la porte, et Jake quitta le lit pour traverser la pièce. Mais, à sa surprise, la nourriture l'attendait sur le pas de la porte, et la livreuse redescendait déjà la colline en courant vers sa voiture.

—Bizarre, même pas un bonjour, haussa-t-il les épaules.

Rangeant sa nourriture dans le petit réfrigérateur sous le bureau, Jake ferma à clé et se dirigea vers la baie. Lors de sa promenade, il trouva un café, une boutique de plage vendant tout ce que les touristes pouvaient vouloir et dont ils avaient besoin, un magasin de location de plage proposant des jet-skis et des planches de surf, et une petite taverne reliée au B&B de la ville.

Plus bas dans la baie se trouvaient les docks. La curiosité tira Jake. Il voulait voir où son père travaillerait. Caché par un bateau amarré, Jake aperçut son père, travaillant dur, préparant le bateau pour leur prochain voyage. Même quand il était occupé à travailler sans personne à proximité, son père avait toujours cet air en colère contre le monde entier. Jake se demanda s'il devait s'arrêter pour dire bonjour jusqu'à ce qu'il voie son père réprimander sèchement un jeune marin.

Secouant la tête et décidant de ne pas laisser son père gâcher son humeur, Jake retourna au phare.

## 14

LES PREMIERS JOURS passèrent comme une brise. Jake n'arrivait pas à croire sa chance ; un jour, il resta simplement au lit à écouter de la musique et à faire des achats en ligne pour meubler sa nouvelle maison. Il élabora des plans sur la façon de vivre sa meilleure vie, de prouver à son père qu'il avait tort, et s'intéressa même à quelques universités des environs. Avec un nouveau ressort dans sa démarche, de l'espoir dans son cœur et un zeste de vie, Jake était prêt à affronter tout ce que la vie pourrait lui réserver.

*C'est du gâteau. Je n'arrive pas à croire que personne d'autre n'ait postulé. Je pourrais faire ça tout le temps* ; pensa Jake alors qu'il se reposait sur son lit, les mains derrière la tête.

Le lendemain, quand Jake se réveilla, il monta et descendit le phare en vérifiant que tout fonctionnait parfaitement à nouveau. Arrivé au sommet, il éteignit la lumière pour la journée et contempla la vue imprenable sur la mer. Les rayons du soleil dansaient sur les vagues, leur donnant l'aspect de diamants. Des oiseaux marins planaient haut dans le ciel. Et même à travers l'épaisse vitre du phare, Jake pouvait sentir la chaleur du soleil sur sa peau. Après avoir passé trois jours à l'intérieur, il décida de profiter du temps d'été glorieux et de se rendre à la plage.

Jake se souvint de la petite cabane de location et s'y dirigea en premier, louant une combinaison et une planche de surf. Chevaucher les vagues donnait à Jake un sentiment de liberté encore plus intense. C'était presque enivrant, et il voulait recréer cette sensation encore et encore. Il surfa jusqu'à ce que ses jambes et ses épaules lui fassent mal, et que la chaleur du soleil se transforme en une douce et légère brise d'été nocturne. Jake dormit mieux cette nuit-là qu'il ne l'avait fait depuis des années.

En se promenant de nouveau sur la plage le jour suivant, Jake fut ravi de voir combien de personnes étaient venues profiter du soleil, de la mer et du sable. Certains groupes avaient installé des pique-niques, et d'autres faisaient griller des hamburgers et des hot-dogs sur des barbecues miniatures. Les odeurs et les sons envahirent Jake, le remplissant de joie. Il en eut la chair de poule.

—Vous louez à nouveau une planche de surf aujourd'hui ? demanda le préposé du kiosque. L'homme faisait à peine face à Jake, regardant davantage vers l'eau, mais parvint à établir un contact visuel.

—Ouais, je pourrais même louer le jet ski plus tard, répondit Jake avec un sourire.

Jake observa les autres surfeurs essayer de s'attaquer à une vague particulièrement délicate. L'eau s'enroulait et se déplaçait à toute vitesse, renversant les jeunes de leurs planches et faisant rire leurs amis. Jake étudia la marée pendant un moment avant de décider qu'il pouvait la surmonter. Il observa comment les surfeurs plus expérimentés se tenaient sur la planche et bougeaient juste avant de tomber. Il utilisa ses observations pour réussir parfaitement le tube. La foule sur la plage qui regardait applaudit et acclama, faisant marcher Jake la tête un peu plus haute.

—Salut, tu es vraiment un bon surfeur. Je t'ai vu ici hier aussi, c'est trop cool, sourit une jolie fille rousse en jouant avec ses boucles.

Elle dévisagea Jake de la tête aux pieds, flirtant avec lui par-dessus ses lunettes de soleil. Ses yeux étaient comme de l'eau.

—Merci. Je suis Jake, comment tu t'appelles ?

—Laura. Voici mes amies, Kate et Becky, dit Laura en montrant ses deux amies, qui gloussèrent et rougirent quand Jake leur fit un signe de la main.

—Tu es nouveau en ville ou juste de passage pour l'été ? demanda Kate.

Jake s'assit avec les filles sur leurs serviettes de plage et se joignit à leur pique-nique composé de collations, de musique et de sodas. Il expliqua comment son père avait été contraint de déménager ici pour un meilleur emploi sur les bateaux de pêche au thon et comment il cherchait à obtenir son propre logement bientôt. Les filles buvaient les paroles de Jake. Elles lui parlèrent de leurs différentes universités, où Becky étudiait la beauté, Kate les sciences criminelles, et Laura la biologie marine. Laura parla de son amour pour les orques et comment elles étaient malheureusement en voie de disparition.

—Alors, tu vas à l'école ? demanda Kate.

—Pas encore. J'essaie de trouver la bonne université pour moi. Je ne sais toujours pas ce que je veux étudier, mais j'aime la musique et les films, alors je pensais à quelque chose dans la production. En ce moment, j'ai un petit boulot sympa pour me dépanner pendant les prochaines semaines, rayonna Jake.

—Waouh, c'est trop cool. Il est mignon, drôle, a un travail et va avoir son propre appartement à dix-sept ans. Si tu avais une voiture, on se battrait toutes pour toi, plaisanta Becky, ses joues devenant roses en rougissant.

—Ouais, je suis le package complet, rit Jake. Il devint rouge également.

—Alors, où travailles-tu ? demanda Kate, en finissant son sandwich à la salade de poulet.

—Au phare.

Soudain, l'atmosphère changea. Les filles regardèrent Jake comme s'il venait de leur dire qu'il kidnappait des chiots pour gagner sa vie. Elles reculèrent lentement, se regardant, cherchant quoi dire et se demandant si elles devaient partir.

—Qu'est-ce qui ne va pas ? demanda Jake.

—Est-ce que ton nom a été tiré à la loterie ? demanda Laura, ses yeux semblant tristes.

—Loterie ? Oui, on pourrait dire ça. Mille dollars pour deux semaines de travail, nourriture et logement gratuits, et à la fin, j'obtiens ma propre petite maison, rit Jake.

Les filles ne rirent pas en retour. Au lieu de cela, elles restèrent avec des expressions sombres, s'accrochant les unes aux autres comme si elles avaient vu un fantôme. Laura tendit la main vers Kate dans un geste à mi-chemin dénué de sens pour attirer son attention.

—Honnêtement, je suis surpris d'avoir été le seul candidat. Le travail est facile, dit Jake en mettant quelques chips dans sa bouche.

—Attends. Tu t'es porté volontaire ? haleta Kate.

—Ouais. C'est quoi le problème ? demanda Jake, commençant à se sentir un peu inquiet.

—C'était sympa de te rencontrer, Jake, soupira Laura.

Les filles rangèrent rapidement leurs affaires et remontèrent la plage sans un mot de plus ni un regard en arrière vers Jake. Abasourdi, Jake les regarda partir mais haussa ensuite les épaules pour chasser son inquiétude.

*Filles riches prétentieuses. Toujours à considérer la classe ouvrière comme inférieure*, pensa Jake en rendant la planche et en retournant au phare.

Jake passa les deux jours suivants à l'intérieur à rattraper ses émissions préférées et à jouer sur son ordinateur portable. Il n'avait plus repensé aux filles de la plage, ni à leur comportement étrange, se sentant une fois de plus reconnaissant d'avoir trouvé un job aussi tranquille.

## 15

---

QUATRE JOURS PLUS TARD, Jake savait que la nature tranquille de son travail devait prendre fin un jour. Ça avait été beaucoup trop facile jusqu'à présent. Jake venait de s'endormir lorsque l'alarme résonna dans toute sa chambre. Il tomba du lit, le cœur battant. L'alarme était beaucoup plus forte que nécessaire, et le grincement aigu lui perçait les oreilles.

— Eh bien, impossible de dormir avec cette alarme, cria Jake.

Se souvenant rapidement des instructions de Gordon, Jake enfila ses bottes, attrapa une lampe de poche et descendit à la cave. Après avoir inspecté le circuit, il réalisa que le problème venait de la manivelle. Montant à l'étage, il tourna le levier deux fois dans le sens anti-horaire puis continua à tourner la manivelle dans le sens horaire jusqu'à ce que la lumière orange indique qu'assez d'énergie avait été sauvegardée et qu'il était en sécurité. Par précaution, Jake se rendit au sommet pour vérifier si la lumière tournait toujours. Puis, avec tout fonctionnant comme il se doit, Jake retourna se coucher.

La nuit suivante, l'alarme grinça à nouveau et encore la nuit d'après. À la fin de la première semaine, Jake avait pris l'habitude de courir dans les escaliers pour tourner la manivelle ; chaque nuit, il la tournait plus longtemps que la précédente. Ses épaules commençaient à souffrir sous la tension. Une nuit, chaque fois que Jake pensait que tout allait bien et qu'il se réinstallait dans son lit, l'alarme retentissait à nouveau. Jake grimpa les escaliers trois fois pour s'occuper de la manivelle avant de finalement sombrer dans le sommeil.

Mais le sommeil ne venait pas facilement. Jake pensait que le travail serait facile. Et pour la plupart, il l'était. Mais travail facile ou non, Jake était un homme de parole et prenait ses responsabilités au sérieux. L'idée de ce qui pourrait arriver si le phare ne fonctionnait pas correctement lui jouait des tours et, lentement, les cauchemars commencèrent.

Jake se réveilla au son de poings martelant la porte. Quand il ouvrit, ce n'était plus l'été radieux. La ville était sombre, et une tempête faisait rage au-dessus. Un policier sans visage se tenait à sa porte, prêt à l'arrêter.

— Attendez ! Qu'ai-je fait ? cria Jake.

— En ne faisant pas ton travail, des gens sont morts. Regarde, insista le policier, poussant Jake vers le bord de la falaise.

Le tonnerre gronda dans les nuages, et un éclair brillant illumina les rochers au pied de la falaise, révélant les horreurs en contrebas. Un bateau de touristes s'était écrasé. Il gisait détruit dans la baie, et des corps mous et sans vie flottaient dans l'eau. Certains étaient gonflés, la bouche grande ouverte, tandis que d'autres reposaient dans d'étranges contorsions sur les rochers. La mer était d'un rouge profond, presque granuleux. Ses vagues écumaient et bondissaient comme de nombreux animaux en lutte. L'eau passait sur les cadavres puis se retirait. Il pouvait voir une femme flottant face vers le ciel alors qu'une vague la submergeait ; sa tête tourna et un œil se ferma.

Jake se réveilla en sursaut, haletant. La cabine était froide, mais le lit de Jake était trempé de sueur. Il lui fallut une minute pour réaliser qu'il avait fait un cauchemar. Un cauchemar qui semblait si réel qu'il pouvait sentir l'odeur épaisse du sang des morts dans l'air. Sa tête bourdonnait dans ses oreilles, et pour être sûr, Jake courut au sommet du phare pour s'assurer que la lumière était toujours allumée.

Les cauchemars ne s'arrêtèrent pas là non plus. Chaque nuit

après cela, quand Jake actionnait la manivelle avant de se coucher, il faisait un autre mauvais rêve. Chaque rêve était plus terrifiant que le précédent, chacun plus détaillé et devenant de plus en plus difficile à s'en réveiller.

Gordon frappa à la porte à la fin des deux semaines. Jake lui expliqua que tout s'était déroulé à merveille et qu'il n'y avait rien à signaler. Mais Gordon le regarda en retour, furieux.

— Tout va bien, hein ? Et le bateau de pêche qui s'est perdu en mer ? grimaça-t-il. Ils devaient revenir hier soir mais ne sont pas rentrés. Une équipe de recherche a retracé leur route, et il n'y a aucune trace d'eux.

— Quel bateau de pêche ? paniqua Jake.

Gordon tendit à Jake le journal local. Le corps entier de Jake se sentit comme submergé sous la glace lorsque ses yeux tombèrent sur le gros titre.

« Bateau de pêche perdu en mer. La famille du capitaine laissée sans leur père. »

Le bateau sur la page était le thonier de son père.

— Non ! Non ! C'est impossible ! Ça doit être un rêve. Vite, gifle-moi ! Réveille-moi ! hurla Jake, agrippant Gordon par le col.

Gordon repoussa Jake, lui grognant dessus comme s'il était devenu fou.

— Ce n'est pas un rêve, mon gars. Ton incompétence a tué ton père. Maintenant tes sœurs n'ont plus rien. Elles te blâment ; elles ne veulent plus jamais te revoir.

Jake resta assis, sanglotant en boule dans la cabine du phare, regardant Gordon descendre la colline jusqu'à son camion où les sœurs de Jake attendaient, s'accrochant l'une à l'autre, en pleurs.

Jake se réveilla, le visage maculé de larmes. Sa poitrine était lourde et douloureuse comme si on lui avait arraché le cœur. Il ressentait la perte et la culpabilité, le regret lui tordant l'estomac – la nausée s'installait. Jake se précipita sur ses pieds et saisit son portable. Il composa le numéro de son père et sanglota plus fort quand il entendit la voix endormie de son père qui grogna au téléphone.

— Pourquoi appelles-tu à cette heure du matin ?

Jake fit une pause. Il retint son souffle. — Désolé, papa, rendors-toi, dit-il, essayant de cacher les trémolos dans sa voix.

— Tout va bien, fiston ?

— Maintenant oui, papa. Bonne nuit.

Chaque nuit, les cauchemars menaçaient, et Jake trouvait de plus en plus difficile de s'endormir. Une anxiété qu'il n'avait jamais ressentie le remplissait ; son appétit disparaissait complètement. Peu importe combien son estomac grondait et souffrait, la pensée de la nourriture le rendait encore plus malade.

*Et si je ne me réveillais pas ?* pensait Jake. *Et si je me réveillais un jour et ce n'était pas un rêve, et des gens étaient morts parce que je n'ai pas pu faire mon travail ? Papa travaille en mer ; je ne peux pas foirer ça.*

Trois jours s'étaient écoulés depuis le début des cauchemars. Il était même difficile de s'allonger. La quatrième nuit de sa dernière semaine, Jake ne savait pas si c'était dû à la privation de sommeil ou à un coup de chance, mais il eut enfin un sommeil réparateur et sans rêve.

# 16

JAKE SE RÉVEILLA en se sentant bien reposé et affamé. Il n'avait pas mangé depuis des jours. La dernière livraison de nourriture de la semaine était prévue ce matin-là. Jake n'en pouvait plus d'attendre. La simple pensée de la nourriture lui faisait saliver. Se dépêchant de se doucher, s'habiller et d'éteindre la lumière, Jake s'assit et attendit.

Il avait dormi paisiblement, sans rêve, et se sentait comme un homme nouveau. Curieux de savoir ce qui avait pu causer de si violents cauchemars, Jake ouvrit son ordinateur portable. Il n'avait jamais souffert de cauchemars auparavant, même pas quand il était enfant et que ses cousins essayaient de l'effrayer avec des histoires de fantômes et des farces. Jake avait toujours été logique, analytique et posé.

Tapant sur son ordinateur portable, il chercha des réponses sur Google. Il se renseigna sur ce qui pouvait provoquer des cauchemars, en particulier les terreurs nocturnes, leur signification et comment les prévenir. Chaque article qu'il trouvait laissait Jake avec plus de questions que de réponses. Personne n'avait d'explication solide pour les cauchemars ni de moyens pour les éviter. Certains articles l'attribuaient au stress et à l'inquiétude ; Jake aimait cette réponse. Il s'était inquiété de bien faire son travail, de rendre son père fier, et de la façon dont il aiderait à prendre soin de ses sœurs une fois qu'il aurait déménagé. Un autre site attribuait les cauchemars à un manque ou à une surabondance d'un mélange de certains minéraux dans le corps. Jake n'avait jamais été difficile en matière de nourriture ; il mangeait pratiquement tout ce qu'on mettait devant lui. Cependant, depuis son installation dans cette ville balnéaire, il avait mangé beaucoup de poissons qu'il n'avait jamais essayés auparavant, certains dont il n'avait même jamais entendu parler.

*Probablement une toxine dans un poisson exotique*, pensa-t-il ; *peut-être que je devrais vraiment me renseigner sur ma nourriture avant de la manger.* Il se souvint du sandwich à la salade de poulet que Kate avait mangé. *Mmmm de la nourriture !* Il commanda à emporter et s'assit de nouveau pour attendre. Trop de temps passa. *Où est cette livraison ?* pensa-t-il. *Je meurs de faim.*

Jake se blottit avec son ordinateur portable et lança un film sur Netflix. C'était un film d'horreur qu'il avait mis sur sa liste « à voir » il y a longtemps. Malgré ses récentes nuits cauchemardesques et contre tout bon sens, il pensait qu'il devrait le regarder.

Juste au moment où le film devenait trop intense pour Jake, il fut sauvé par un coup à la porte. Un livreur à peine plus âgé que Jake se tenait là, vêtu d'un survêtement bleu vif et jaune avec une casquette assortie. Deux grands sacs en papier brun dans ses bras étaient remplis de nourriture ; les odeurs faisaient gargouiller l'estomac de Jake.

—Livraison, sourit le garçon, dont le badge indiquait qu'il s'appelait David.

—Merci, mec. Hé, entre. Ça a l'air lourd, dit Jake en ouvrant la porte un peu plus grand.

David regarda à l'intérieur et secoua la tête, faisant un pas en arrière.

—Non, mec, ça va. Comment tu tiens le coup ?

—Ça va. Qu'est-ce qui pourrait ne pas me plaire ? Job facile, bon salaire, et je passe mes journées à regarder mes séries et à surfer, mentit Jake, espérant que son faux sourire ne trahissait pas ce qu'il ressentait vraiment.

—Plus courageux que moi, mon gars, ricana David, donnant des coups de pied dans le sol à ses pieds.

—Qu'est-ce que tout le monde a avec cet endroit ? J'ai rencontré des filles à la plage l'autre jour, et quand j'ai dit que je travaillais ici, elles ont pratiquement pris leurs jambes à leur cou !

—Tu connais sûrement les histoires. Tous ceux dont le nom est dans cette fichue loterie connaissent les histoires, dit David, le visage sérieux. Il était droit et ne donnait plus de coups de pied dans la terre.

—C'est quoi cette loterie ? Les filles l'ont aussi mentionnée.

Les yeux de David s'écarquillèrent et sa mâchoire tomba. Jake se figea, attendant que David réponde.

—Tu... ne t'es pas porté volontaire, n'est-ce pas ? demanda David.

—Si.

Il regarda Jake avec une sincère sympathie, comme s'il avait perdu quelqu'un ; soudain, on aurait dit qu'ils étaient à une veillée funèbre. Puis, secouant la tête, David enleva sa casquette et passa sa main dans ses épais cheveux bouclés bruns.

—Je déteste te dire ça, mon pote, mais cet endroit est hanté - *maudit* ou quelque chose comme ça.

—Tu ne crois pas ça, si ? rit Jake.

—Mec, écoute...

David expliqua à Jake comment la loterie avait été développée et comment personne ne s'était porté volontaire pour ce poste depuis de nombreuses années. Il lui raconta les histoires que ses parents lui avaient racontées quand il était enfant : à propos du gardien de phare qui en était propriétaire avant Gordon. Il lui raconta même les histoires de ses grands-parents. Jake resta là à écouter, fronçant les sourcils.

—Alors, si cet endroit est si terrible, pourquoi y a-t-il toujours un résident permanent ? sourit Jake.

—C'est transmis de génération en génération. Quand Gordon prendra sa retraite, son fils prendra la relève. J'ai entendu une rumeur selon laquelle Gordon et sa famille seraient impliqués dans la sorcellerie ou quelque chose comme ça, et c'est pour ça que ça ne les dérange pas d'être ici. David raconta à Jake que deux semaines par an, le phare « avait besoin de sang frais », comme si c'était un rituel. Il haussa les épaules après avoir dit cela.

Jake regarda David, attendant la chute de l'histoire, mais rien ne vint. Finalement, éclatant de rire, Jake donna une tape sur l'épaule de David.

—T'es fou !

—Mec, je suis sérieux. Demande à n'importe qui à propos du gars qui est sorti il y a quelques années. Un gamin de notre âge... Il a survécu aux deux semaines complètes mais n'a plus prononcé un mot depuis. Il a des terreurs nocturnes ; il mange à peine et sursaute à sa propre ombre. Il avait un bel avenir devant lui, un footballeur talentueux, mais maintenant ? Ce n'est plus le même gamin. Et puis une fille dont le nom était sorti à la loterie a sauté des falaises quelques jours après être sortie. Tu ne pourrais pas me payer assez pour rester dans cet endroit !

Jake tomba dans le silence. Il avait cessé d'écouter quand David avait mentionné les terreurs nocturnes. Jake avait commencé à avoir des cauchemars, mais il ne l'admettrait pas. L'admettre serait comme admettre que quelque chose de sinistre se passait. Et si Jake pouvait tout nier, alors toutes les histoires qu'on lui racontait n'étaient que ça, des histoires.

—Eh bien, je ne sais pas quoi te dire. Je suis ici depuis presque deux semaines, et c'est génial. J'ai surfé et je me suis détendu et j'ai dormi comme un bébé à part quelques nuits froides. Alors peut-être que cette malédiction est brisée, rit Jake.

David sourit. —Une malédiction ne peut se briser qu'une fois. Tu as raison ; peut-être que c'est ça. J'espère que tu as raison, mon frère. J'espère te voir de l'autre côté. Je dois y aller - j'ai d'autres livraisons à faire. Prends soin de toi, dit David en tendant son poing pour que Jake le frappe.

Jake lui rendit son sourire et observa comment David sprinta pratiquement jusqu'à sa voiture et s'éloigna dans un nuage de poussière, tout aussi vite que Gordon l'avait fait le jour de son départ.

Tandis que Jake déballait sa nourriture et s'attaquait à une portion d'œufs Bénédicte fraîchement préparés, il se demanda si les histoires de David avaient un fond de vérité. David n'était pas le premier à agir bizarrement concernant le phare, et tous ceux à qui il avait parlé ne comprenaient pas pourquoi il s'était porté volontaire. Une partie de lui voulait rechercher des histoires sur le phare en ligne. Mais Jake savait que s'il permettait à son esprit de les croire, il s'autoriserait à avoir peur. S'il lisait quelque chose qu'il n'aimait pas, il savait qu'il partirait, et les règles stipulaient qu'il devait rester les deux semaines entières ou il ne serait pas payé.

*Je suis venu jusqu'ici*, pensa-t-il. *Quelques nuits de sommeil manquées en valent la peine. J'ai presque fini. Je peux le faire.*

## 17

JAKE SE RÉVEILLA au son de petits coups frappés à la porte. Se frottant les yeux, il ouvrit la porte pour ne trouver personne. La nuit était d'une clarté cristalline. La lune donnait à l'air nocturne une atmosphère apaisante. Convaincu d'avoir eu une hallucination auditive, Jake retourna se coucher. Alors qu'il s'assoupissait doucement, il entendit un autre cognement, plus fort cette fois. Les coups s'intensifièrent, devenant plus sonores et plus fréquents, avec un sentiment d'urgence. Finalement, agacé, Jake bondit hors du lit et se dirigea vers la porte.

Dès que sa main entoura la poignée argentée, les coups cessèrent. Perplexe, Jake resta immobile, attendant. Quand rien ne se produisit, il fit demi-tour pour retourner se coucher. C'est alors que la porte menant au phare commença à tonner. Quelque chose, ou quelqu'un, cognait violemment, essayant de forcer l'entrée de sa chambre.

Jake courut vers la porte de la cabine, tentant de s'échapper, mais elle était verrouillée, et la clé avait disparu. Jake était piégé dans sa petite chambre. Il n'y avait aucune issue, et quelque chose essayait de l'atteindre.

Jake fouilla dans ses sacs de livraison à la recherche de ses couverts. Puis, saisissant son couteau, il s'y agrippa fermement comme si sa vie en dépendait. Recroquevillé en boule contre le mur, Jake eut l'impression que les murs se refermaient autour de lui tandis que la porte tremblait sur ses gonds. Les coups se transformèrent en griffures et en hurlements. Des voix d'hommes et de femmes hurlaient de peur, résonnant dans la petite pièce. Jake ferma hermétiquement les yeux, priant pour s'en sortir vivant.

Jake bondit de son lit, haletant, couvert d'une sueur froide. Il pensait que les cauchemars avaient cessé. Faisant les cent pas dans la petite pièce, il se répéta que tout n'était qu'un produit de son imagination et que David l'avait simplement effrayé. Puis, se sentant courageux et ayant besoin de calmer son esprit chaotique, Jake prit sa lampe de poche et ouvrit la porte du phare. Balayant la lumière autour de lui, il constata que tout était normal — aucune trace de monstres de l'autre côté.

La nuit suivante, Jake eut un autre cauchemar. Cette fois, il changeait l'ampoule quand il entendit des voix d'hommes et de femmes hurler. Ils criaient de terreur et de peur, appelant à l'aide, suppliant quelqu'un de les sauver. Quand Jake regarda en bas de l'échelle, il vit un groupe d'inconnus sans visage qui grimpaient précipitamment, l'appelant par son nom et le suppliant de les aider.

Avec seulement trois jours et deux nuits avant la fin de son séjour au phare et la possibilité de mettre toute cette expérience derrière lui, Jake essaya de se convaincre que tout était dans sa tête. Mais comment tout pouvait-il être dans sa tête quand, chaque fois qu'il fermait les yeux, il voyait des personnes sans visage monter l'échelle du phare vers lui ? Comment cela pouvait-il être dans sa tête quand tout le monde l'avait mis en garde ? Jake avait toujours eu un sommeil profond. Mais à l'avant-dernière nuit, il se rendait compte que chaque bruit, aussi petit ou évident soit-il, le faisait se recroqueviller sous les couvertures comme un enfant effrayé.

— Je ne peux pas faire ça, dit Jake à voix haute.

Décidant de ne pas dormir cette nuit-là, Jake se força à rester éveillé et à dormir pendant la journée, quand il savait que c'était sans danger. Rien ne se passait jamais pendant la journée. Jake pensa avoir fait le bon choix lorsqu'il dormit toute la journée sans rêver.

Son téléphone portable sonna un matin ; c'était le maire.

— Bonjour, Jake. Juste pour te prévenir, une grosse tempête arrive. Gordon a entendu parler de la tempête aux informations et a appelé pour nous avertir. Il a dit que la manivelle devrait être tournée jour et nuit quand la tempête frappera. De plus, le phare est vieux, il pourrait ne pas résister à la force du vent qui arrive ; assure-toi de tout vérifier et de renforcer l'endroit avec des planches et des clous si nécessaire. Bonne chance.

Le cœur de Jake se serra. Comment allait-il rester debout jour et nuit ? Montant au sommet du phare, Jake vit que le ciel au-dessus était noir. D'épais nuages lourds arrivèrent alors, apportant des coups de tonnerre les plus forts que Jake n'ait jamais entendus. Des éclairs traversaient le ciel, si brillants qu'il fut forcé de se protéger les yeux. Les vagues s'écrasaient contre le rivage ; la mer était furieuse. Jake espérait que son père n'était pas sorti sur le bateau de pêche au thon ce jour-là.

Soudain, l'alarme retentit à travers le phare. Descendant l'échelle, Jake commença à tourner le levier.

— Ça va être une longue journée, dit Jake.

Parler tout seul était devenu pour Jake un moyen d'essayer de rester sain d'esprit dans le chaos récent de ce phare apparemment innocent.

La lumière orange clignotait. Jake avait espéré que le maire se trompait et qu'il pourrait faire une pause. Mais alors que le vent s'écrasait contre le phare, Jake savait qu'il n y aurait pas de repos pour les braves. Ses épaules lui faisaient mal à force de tourner le levier, mais finalement, la lumière resta allumée assez longtemps pour que Jake puisse se reposer.

Ne voulant pas perdre une seconde, Jake descendit et mangea son dîner de poisson aussi rapidement que possible avant que l'alarme ne retentisse à nouveau. Puis, courant vers le levier, Jake recommença à tourner. Son corps et son esprit semblaient sur le point de craquer. Le stress d'une période de vingt-quatre heures sans sommeil et l'effort physique de la manivelle semblaient presque insurmontables. Jake ne savait pas si le travail valait l'argent et les avantages. Une lente goutte de pluie tombait à travers les fissures du toit et s'égouttait sur Jake pendant qu'il tournait la manivelle. Quand il eut fini de tourner et jugea la puissance satisfaisante, il prit quelques planches et des clous dans un coin. Une petite échelle se trouvait à proximité. Il se mit au travail.

— Plus qu'un jour. Plus qu'un jour, scandait Jake.

# 18

LA TEMPÊTE commença à s'apaiser à l'aube. Le soleil perça à travers quelques trouées dans les nuages. Mais le ciel restait sombre, et la pluie s'infiltrait par les fissures du toit. Satisfait de ne plus avoir besoin d'actionner le levier, Jake s'étira. Ses épaules étaient tendues. S'étirer lui faisait mal, mais Jake savait qu'il ne pourrait pas dormir sans le faire. Son bas du dos le faisait souffrir quand il tordait sa colonne vertébrale, et ses genoux craquaient quand il les pliait. Son estomac grondait, et sa bouche était sèche. Au cours des dernières vingt-quatre heures, il s'était négligé, passant presque chaque seconde obsédé par la manivelle pour maintenir le phare en fonctionnement.

Les yeux de Jake étaient rouges et secs par manque de sommeil. Et le toit n'avait pas offert beaucoup d'abri contre la pluie battante. Ses vêtements étaient trempés, ses cheveux collés à sa tête, et ses habits détrempés le faisaient frissonner dans le froid du phare. Se faufilant en bas et jusqu'à la petite maison arrière pour prendre une douche chaude, Jake se rafraîchit et pilla le réfrigérateur.

Jake mangea jusqu'à ce que son estomac soit plein, s'enveloppant étroitement dans sa couverture et laissant la chaleur chasser le froid dans ses os. Son esprit s'agitait encore, repensant aux cauchemars des nuits précédentes. Mais peu importe combien il s'efforçait de rester éveillé, son corps luttait plus fort. Puis, lentement, le son de la pluie tapotant doucement sur la fenêtre, les oiseaux marins chantant leur mélodie, et les vagues léchant doucement le rivage offraient une berceuse apaisante. Au chaud dans son lit, écoutant les bruits de la baie, ses paupières lourdes se fermèrent délicatement jusqu'à ce que le sommeil le réclame enfin.

L'esprit de Jake dériva vers le pays des rêves auquel il était habitué. Alors qu'il s'enfonçait de plus en plus profondément dans le sommeil, il rêva de la maison promise. Il rêvait de travailler avec ses stars de cinéma préférées et de l'expression de fierté sur le visage de son père quand l'homme serait enfin fier de lui.

Jake eut l'impression d'avoir dormi toute une journée quand il se réveilla enfin, mais cela ne le dérangeait pas. C'était la meilleure nuit de sommeil depuis son arrivée au phare. Son corps se sentait complètement reposé, et son esprit était apaisé. Gardant les yeux fermés, il s'étira et sourit, pensant à la vie qu'il était sur le point de mener grâce à ce travail que personne d'autre n'avait voulu prendre.

— Enfin, c'est terminé, murmura Jake. Il s'endormit.

Une alarme stridente força Jake à ouvrir les yeux. Ce n'était pas l'alarme du phare. Cette alarme ressemblait à une alarme incendie, forte et électrique. Elle était presque métallique, un coup sourd comme un marteau frappant contre une cloche. C'est à ce moment que Jake prit conscience de son environnement. Le lit tanguait comme en mouvement ; il ne voyait plus le bureau avec son ordinateur portable ni la fenêtre près de la porte. Alarmé, Jake se redressa d'un bond dans une chambre aux murs lambrissés de bois sombre ; une commode à quatre tiroirs était posée à côté de son lit, et la seule lumière provenait d'un petit hublot juste au-dessus de son lit.

Se redressant, Jake regarda par le hublot. Il était en mer. La panique s'installant, Jake courut vers la porte, et son corps se glaça. À l'extérieur de sa porte se trouvait un long couloir rempli d'autres portes. Les gens paniquaient, courant dans le couloir, et les enfants pleuraient, s'accrochant à leurs parents.

— Que se passe-t-il ? demanda une dame âgée à un homme en uniforme de navire qui passait en courant.

— Nous approchons du port, mais nous ne trouvons pas le phare, cria l'homme.

— Attendez ? Je suis sur un bateau ? paniqua Jake.

Claquant sa porte, Jake s'effondra contre elle. Se tenant la tête entre les mains, Jake commença à sangloter de frustration.

— C'est un rêve. C'est un rêve. Je vais me réveiller, pleurait Jake.

Se giflant le visage, il pleura plus fort : — Réveille-toi ! Réveille-toi !

Se giflant plus fort, Jake s'arrêta. Il n'avait jamais ressenti de douleur dans un rêve, mais il sentit cette gifle. Il se griffa le bras et regarda sa peau rougir. Ce n'était pas un rêve. Il était bien réveillé, les yeux écarquillés, et terrifié. Comment était-il arrivé là ? Où était-il ? Jake courut vers le hublot, scrutant l'obscurité pour voir ce qu'il pouvait distinguer.

Les vagues s'écrasaient violemment contre le flanc du navire, et la lune se cachait derrière les nuages n'offrant aucune aide. Il faisait trop sombre ; Jake ne pouvait rien voir. Puis, un long éclair blanc déchira le ciel noir comme une toile. C'était difficile à voir, mais pendant une seconde, Jake l'aperçut. Les rochers se trouvaient à huit kilomètres du phare. Le navire naviguait dans la tempête se dirigeant droit vers la baie. Droit vers le labyrinthe de rochers acérés - droit vers la mort.

L'esprit de Jake revint au premier cauchemar qu'il avait fait. Les corps gisaient pliés et tordus contre les rochers. L'eau était rouge de sang, et un navire restait enchevêtré dans la baie. Son cauchemar était-il en réalité une prémonition ? Avait-il été témoin de sa propre mort ? Ne voulant pas rester là pour le découvrir, Jake chercha une solution dans son esprit.

— Le navire doit virer de bord ! Je dois trouver le capitaine ! dit Jake.

Jake savait que s'il pouvait atteindre le capitaine, il pourrait aider. Même sans apercevoir le phare, il connaissait la baie. Il l'avait étudiée pendant ces deux dernières semaines. Sortant en trombe de sa chambre, il se précipita dans les couloirs à la recherche de quelqu'un qui semblait travailler sur le navire.

# 19

JAKE AVAIT ÉTÉ TELLEMENT SURPRIS de se réveiller soudainement sur un navire. Jake avait été si obsédé par la recherche d'une solution à son problème actuel qu'il n'avait pas pris le temps d'observer son environnement. Un violent coup de tonnerre fit éclater un nouveau chœur de cris parmi les femmes à bord, à la fois plaintifs et terrifiés. Un autre éclair aveuglant traversa les nombreux hublots du navire, illuminant les cabines.

L'éclair avait été le déclencheur. Le déclencheur qui a poussé Jake à s'arrêter et à regarder autour de lui. Il n'était pas simplement sur un navire de passagers rempli de personnes naviguant vers leurs tombes aquatiques. Au contraire, il semblait avoir voyagé dans le temps. Le navire ne ressemblait à rien de ce qu'il avait vu auparavant. Les murs étaient un mélange de lambris de bois clair et foncé, leur vernis marqué par les années. Les fenêtres étaient des hublots ronds en métal, et les lumières aux murs étaient toutes alimentées par des bougies, pas des ampoules électriques. Certaines bougies vacillaient, et quelques-unes s'étaient éteintes. Le vent balayait les couloirs, créant des poches d'obscurité. Jake traversait ces espaces plus lentement.

Les sols étaient recouverts d'une moquette florale rouge foncé. Mais c'est la mode qui le frappa le plus. Les femmes portaient toutes des robes à corset tombant jusqu'au sol et des manteaux à manches longues avec des poignets à froufrous. Certaines ressemblaient à des stars de cinéma, tandis que d'autres avaient l'air de femmes de chambre. Certaines femmes se présentaient avec les cheveux relevés, scintillants de bijoux et de maquillage, tandis que d'autres semblaient ne pas s'être lavées depuis des jours. Sur le mur du couloir menant à un petit escalier, un panneau indiquait classe inférieure, et un autre première classe.

Les hommes étaient tous habillés de la même façon : longs costumes élégants en laine noire, chemises blanches impeccables. Certains hommes portaient des monocles et arboraient d'épaisses moustaches en guidon. Ils avaient des hauts-de-forme ; leurs cheveux étaient gominés si parfaitement qu'ils semblaient mouillés. Jake eut l'impression d'avoir voyagé peut-être cent ans en arrière, sinon plus. À cet instant, panique mise à part, Jake regretta de ne pas avoir été plus attentif en cours d'histoire.

Alors qu'il courait devant une pièce qui ressemblait à une salle à manger, Jake aperçut un reflet dans le miroir qui le figea sur place. Un homme corpulent avec un fort accent européen lui rentra dedans. En se relevant, Jake regarda l'homme droit dans les yeux tandis qu'il était bousculé vers l'arrière.

—Regarde où tu vas, imbécile ! lança l'homme.

—Désolé, lui cria Jake. L'homme le regarda de côté avec colère et disparut au tournant.

Jake fit demi-tour et se fraya un chemin à travers la foule de personnes paniquées, cherchant un abri. Se poussant à travers cette mer humaine, Jake trouva la pièce avec le miroir. Sa mâchoire tomba en voyant son reflet. La personne dans le miroir n'était pas lui-même.

Lui faisant face se tenait un homme grand dont le visage semblait avoir l'âge de celui de son père. Ses pommettes étaient hautes et il avait un long nez anguleux. Une épaisse moustache brune et une barbe bien taillée encadraient sa mâchoire. Il portait une cape à col en tartan marron et un costume assorti. De longues bottes noires — comme des bottes d'équitation — lui montaient jusqu'aux genoux. Jake retira la casquette plate en tartan marron de sa tête, révélant une coupe de cheveux bruns foncés, gominée sur le côté, parsemée de quelques mèches grisâtres. Qui était cette personne qui le regardait ? Il ne se reconnaissait pas.

Un concert de hurlements éclata à travers le navire alors qu'il s'inclinait sur le côté, menaçant de sombrer. Jake fut projeté à travers la cabine, s'écrasant contre une série de portes et brisant les panneaux de verre. Jake pressa ses mains au sol, essayant de se relever, et le verre déchira sa peau, s'enfonçant profondément dans les muscles.

—Aïe ! cria Jake, observant le sang qui couvrait une de ses mains. Sa vision capta quelques gouttes tombant sur le sol.

La vue de ce sang fit naître en lui une pensée de confusion sauvage : il ne rêvait définitivement pas. Naviguant dans les couloirs, Jake se précipita, cherchant le capitaine.

Jake ne savait peut-être pas comment il était arrivé là, qui était l'homme dans le miroir, ni comment rentrer chez lui, mais il savait qu'il devait essayer de sauver ces personnes. Des hommes, des femmes et des enfants étaient à bord du navire, voyageant pour des raisons inconnues de Jake. Une nouvelle maison ? Des vacances ? Ou pour le travail ? Peu importait, c'étaient des vies innocentes qui avaient besoin d'être sauvées. Sa nouvelle mission était claire.

Jake trouva une pièce où le capitaine du navire luttait avec la barre à la proue. Des marins vêtus de costumes bleus et blancs et portant des casquettes de matelot éclairaient la nuit avec des torches, cherchant sans relâche tout signe du phare. Leurs bottes s'entrecroisaient sur les planches du sol comme de nombreux corbeaux se posant.

—Capitaine ! Je peux vous aider ! cria Jake, se précipitant vers l'homme à la grande barbe blanche.

—Je n'ai pas le temps, monsieur, rugit le capitaine par-dessus le bruit des vagues.

—Nous devons tourner. Nous nous dirigeons droit vers la baie. Ce navire en bois n'a aucune chance contre les rochers de la baie. Tout le monde va mourir, cria Jake, ne reconnaissant pas sa propre voix.

—C'est ce que j'essaie d'éviter, répondit le capitaine.

Jake regarda autour de la pièce et vit une table avec une carte qui oscillait avec le navire. Saisissant la carte, Jake l'examina et l'agita devant le visage du capitaine.

—Avez-vous perdu l'esprit ? hurla le capitaine.

—Vous devez m'écouter ! Tournez le navire, et nous pourrons peut-être éviter la baie.

Le capitaine grogna et attrapa un marin à l'allure grande et forte qui se tenait à proximité.

—Johnson, prenez la barre.

Le capitaine suivit Jake jusqu'à la table, où Jake claqua la carte. Puis, Jake indiqua du doigt le meilleur chemin vers la côte.

—Selon cette carte, notre trajectoire est dégagée. Nous avons juste besoin de naviguer à travers la tempête, haussa les épaules le capitaine.

—Faites-moi confiance, capitaine, il y a des kilomètres de rochers acérés droit devant. C'est un labyrinthe que nous ne traverserons pas. Mais, croyez-moi, je connais ces eaux, insista Jake.

—Monsieur Locks, bien que je sache que vous avez de bonnes intentions, je vais vous demander de reculer.

Monsieur Locks ? Jake se figea, observant la pièce autour de lui devenir silencieuse à ses oreilles. Le nom de jeune fille de sa mère était Locks. Son esprit se remplit de souvenirs des histoires de sa mère sur comment son arrière-arrière-arrière-grand-père était parti en voyage d'affaires et n'était jamais revenu. Avait-il été perdu en mer ? Regardait-il le monde à travers les yeux de son ancêtre ? Était-il en train de revivre sa mort comme si c'était la sienne ? S'échapperait-il jamais de cela ? Il sentit une colère inconnue monter en lui, et il devint plus déterminé.

Un bruit de fracas retentit du côté du navire. Le bateau se traînait dans l'eau comme un monstre blessé. Il tremblait et tanguait alors que le capitaine luttait pour changer la course du bateau.

—Nous coulons ! crièrent les voix des passagers terrifiés.

—Capitaine, écoutez-moi. C'était la première collision. Si vous ne changez pas de cap maintenant, nous sommes tous perdus, cria Jake.

Il poussa le capitaine de côté, saisissant la barre pour la tirer dans le sens des aiguilles d'une montre.

—Locks, êtes-vous fou ? Arrêtez-le ! hurla le capitaine furieux.

Quatre marins attrapèrent Jake, le tirant hors de la pièce, mais Jake se battit plus fort. Il devait faire quelque chose.

—Capitaine... cria Jake.

—Voilà le phare ! cria l'un des marins.

Jake scruta l'horizon mais ne vit aucune lumière.

—Des rochers ! Nous allons nous écraser ! hurlèrent les membres d'équipage.

Ils avaient trouvé le phare. Mais c'était trop tard. Le navire était trop proche. Le capitaine tenta de tourner, mais tout ce qu'il fit fut de piéger davantage le navire, ne laissant aucun moyen de s'échapper. L'entêtement du capitaine et sa réticence à accepter de l'aide les avaient tous condamnés. À chaque collision, le bateau se disloquait. Les rochers et la tempête déchiquetaient le fragile vaisseau. Le navire se fendit en deux et s'ouvrit, les poutres de bois explosant et des éclats volant partout. Les passagers s'éloignaient de ce chaos, et beaucoup sur le pont furent jetés par-dessus bord, emportés par des vagues sombres et voraces. Les gens se frayaient un chemin les uns à travers les autres alors que le bateau chavirait. Ceux qui ne se noyaient pas étaient écrasés contre les rochers. Et les rares personnes qui n'étaient pas sur le pont étaient ensevelies par les portes démolies et les couloirs effondrés en dessous. D'autres coups de tonnerre éclatèrent dans le ciel, et par-dessus le craquement et la rupture du bois, les gens s'appelaient les uns les autres dans l'obscurité. Ceux qui avaient des familles criaient des noms, mais restaient sans réponse. Les sons de la mort devinrent une lente conversation.

Les vents se calmèrent tandis que la tempête s'apaisait, et la pluie ralentit jusqu'à un léger filet. Les hurlements des mourants, les supplications pour de l'aide, commencèrent à s'estomper tandis que la lumière revenait dans la baie. L'espoir n'était qu'un fantôme ici. La plupart se rendirent compte que l'aide ne viendrait pas et devinrent silencieux avant de se noyer. Quelques-uns avaient lutté davantage et avaient été emportés avant l'aube. Jake cligna des yeux, essayant de rester éveillé dans l'eau, luttant pour rester en vie. Ballotté contre un rocher, il s'y accrocha, la tête douloureuse, le sang coulant dans sa vision. Finalement, une lumière clignotante au loin fit lever la tête à Jake. La lumière du phare fut la dernière chose qu'il vit alors que le soleil se levait à l'horizon. Mais c'était trop tard.

## 20

LES SONS familiers de la ville animée accueillirent Gordon à son retour. Il souriait en conduisant sa camionnette, repensant à ses deux semaines de vacances si reposantes. Les habitants le saluaient à son passage, lui souhaitant la bienvenue. Juste après le lever du soleil, les commerçants ouvraient leurs boutiques, se préparant pour la journée à venir tandis que le reste de la ville dormait paisiblement.

En arrivant au phare, sa maison, Gordon étira ses jambes alors que la lumière matinale encadrait le phare d'une magnifique lueur orangée. Il était encore tôt, et Gordon ne voulait pas risquer de réveiller le jeune homme qui s'était occupé de son domicile pendant son absence.

Les oiseaux marins criaient au-dessus de sa tête, et la brise était chaude et douce. Allumant sa pipe, Gordon descendit jusqu'à la plage en contrebas. Alors que d'autres préféraient les longues étendues de sable et de vagues, Gordon préférait de loin la baie située sous le phare. Elle était toujours si isolée et déserte ; personne ne voulait voir ces rochers déchiquetés et ce terrain accidenté. Mais il y avait quelque chose dans le chaos de cette baie qui apaisait Gordon. Il y trouvait des motifs qu'il pouvait apprécier.

La baie avait une histoire, une histoire que la ville semblait avoir oubliée. Mais Gordon n'avait pas oublié et n'oublierait jamais. Aucun membre de sa famille ne l'oublierait car c'était leur responsabilité de tenir le phare - leur fardeau et leur malédiction.

Directement sous le phare se trouvait un grand mur érodé par l'assaut de la mer salée au fil des ans, mais une plaque presque aussi ancienne que la ville elle-même semblait toujours survivre. Cherchant le petit endroit sur le mur, Gordon aperçut un éclat doré grâce au reflet du soleil. Essuyant le métal avec sa main et s'essuyant ensuite sur son pantalon, Gordon leva les yeux vers la raison pour laquelle sa famille gardait le phare génération après génération. La plaque était un rappel du passé de sa famille.

La plaque racontait l'histoire des nombreuses vies perdues à cause de la défaillance du phare et comment la famille de Gordon serait maudite à garder le phare jusqu'à la fin de leurs jours. Le jour du retour de Gordon marquait le cent trente-deuxième anniversaire du naufrage du navire de passagers.

— Je n'oublierai jamais, souffla Gordon, pressant sa main sur la plaque. Il murmura quelques noms inscrits sur la plaque : — Marin, Josephson, Locks, Kenton, Tillery.... Regardant le sol avec une expression vide, il pensa s'arrêter pour réciter le Notre Père, puis s'éloigna.

Gordon approchait de ses dernières années en tant que gardien de phare. Bientôt ce serait au tour de son fils. Et quand ce moment viendrait, il raconterait à son fils le passé de leur famille, leurs échecs et la malédiction. Gordon regardait la malédiction avec une certaine tendresse. Il espérait dire à son fils que toutes les rumeurs dont parlaient les habitants étaient vraies et qu'il valait mieux éviter le phare pendant ces deux semaines d'été. Il y avait une fierté dans ces espoirs ; il voulait que son fils comprenne le risque de prendre son trône et se considérait toujours comme un protecteur de la ville. Il raconterait au garçon l'époque où les fantômes des morts venaient à terre pour se venger de leur mort prématurée.

C'était l'idée générale. Mais Gordon gardait pour lui des considérations plus douloureuses. Ce passé hanté n'existait pas seulement pour ceux qui étaient perdus. Pour certains, c'était un enfant loin et luttant dans l'obscurité d'une eau inconnue, incapable de répondre à ses parents ; c'était une personne déchirée par une planche de bois ; c'était la minute avant de se noyer complètement. Il ne suffirait pas d'avoir seulement des idées générales sur ce qui s'était passé pour honorer ceux qui étaient perdus. Mais son fils pourrait attendre avant d'entendre tout cela.

Gordon se sentait terrible année après année, laissant une âme inattendue faire face à la malédiction. Mais s'il ne le faisait pas, personne ne serait là pour garder le phare, et l'histoire se répéterait - il y aurait un autre naufrage sur les rochers, une autre mort massive si la lumière n'était pas entretenue. Gordon avait renoncé il y a des années à essayer de comprendre ce que voulaient les morts ou comment briser la malédiction. Il avait même fait organiser une séance de spiritisme au phare, en vain.

Il priait simplement pour que l'un de ses enfants y parvienne avant que cela ne devienne le fardeau de sa petite-fille. Elle serait la première femme à garder le phare, et Gordon ne voulait pas cette vie pour elle. Alors, Gordon vivait pour ses deux semaines de vacances. Garder le phare était une tâche solitaire, et la plupart des habitants l'évitaient à cause du mystère entourant sa maison.

Il se souciait davantage de son héritage que de ce rejet et trouvait ces circonstances presque honorables. Néanmoins, il regrettait qu'une perte si profonde se soit manifestée de cette façon. La malédiction était un vestige sans attache de la ville, une tache qui devrait être ouvertement reconnue et regrettée. La plupart choisissaient de l'ignorer ; ils étaient guidés par la peur et la superstition, non par l'acceptation ou la compréhension. Personne ne voulait aider à résoudre le problème ; personne ne se souciait que de ricaner qu'il s'agissait d'un problème, qu'il existait simplement - comme un cancer. Il n'y avait pas de réponses faciles ici.

Gordon remonta la plage en flânant, regardant la lumière matinale réveiller la ville. Des jeunes couraient vers la plage pour surfer. Les habitants promenaient leurs chiens, et la ville s'animait. Vérifiant sa montre, Gordon pensa qu'il était temps de réveiller Jake.

Gordon frappa doucement à la porte, attendant patiemment, mais

Jake ne répondit pas. Alors, Gordon frappa à nouveau un peu plus fort.

— Jake ? Debout là-dedans. Laisse-moi entrer, gazouilla Gordon.

Comme Jake ne répondait toujours pas, Gordon retourna dans la baie, entrant dans une petite grotte sous le phare. Traversant les tunnels, passant devant les restes éparpillés de navires brisés et les restes squelettiques des victimes de la mer, Gordon trouva la porte de la cave. Elle n'avait pas été ouverte depuis des années, mais avec une bonne poussée, il parvint à l'ouvrir. Se hissant à l'intérieur, Gordon s'aventura dans la maison.

Gordon fouilla le haut du phare, éteignant la lumière pour la journée. Il grimpa à l'échelle jusqu'à la manivelle, mais Jake n'était pas là. Finalement, il vérifia sa cabine. La cabine était vide, les affaires de Jake jonchaient la maison, et de la nourriture non consommée reposait dans le réfrigérateur. La porte d'entrée était verrouillée, et sa clé se trouvait sur la table de chevet. Cette vision aurait alarmé d'autres personnes, mais pas Gordon.

Haussant les épaules, Gordon se mit à manger la nourriture que Jake avait laissée et reprit son poste. Le phare craquait bruyamment tandis que Gordon s'installait à nouveau.

— Je suis rentré, ma vieille ; je suis rentré.

Fin.

# ÉCHANGÉ

## 21

MORGAN ET SOPHIE étaient assises dans la cabane que le père de Sophie lui avait construite des années auparavant. Elles se blottissaient sous la grande couverture qu'elles avaient confectionnée à partir des vieux t-shirts de concert de leurs parents plusieurs étés plus tôt. Bien qu'elles soient désormais trop grandes pour y jouer régulièrement, les filles avaient grandi ensemble dans cette cabane. Pendant les batailles d'eau, elles y passaient des journées entières à se cacher du frère de Sophie et à le bombarder depuis les hauteurs. D'innombrables nuits s'étaient écoulées alors qu'elles dormaient dans les branches, se racontant des histoires de fantômes avant de courir à l'intérieur, effrayées par le bruissement des arbres. La cabane avait été leur sanctuaire, leur refuge, et le gardien de tous leurs secrets. Les filles s'accrochaient l'une à l'autre, refusant d'être séparées.

— C'est dingue de penser que quelqu'un d'autre va utiliser cette cabane. Elle est à nous ; ça ne semble pas juste, sanglota Sophie.

Morgan serra son amie plus fort, la tenant contre elle tout en essayant de ne pas pleurer. Elle devait rester forte pour son amie, malgré son propre cœur brisé.

— Ils peuvent prendre la cabane, murmura-t-elle, mais personne ne peut prendre nos souvenirs.

La mère de Sophie les appela depuis l'herbe en contrebas. — Sophie, il va falloir descendre à un moment donné ; tu dois finir tes bagages !

— Je ne veux pas déménager, pleura Sophie plus fort contre l'épaule de sa meilleure amie.

Morgan lui frotta le dos, s'efforçant d'entendre la conversation à voix basse entre les parents de Sophie qui montait jusqu'à elles.

— Tu vas leur dire ? chuchota le père de Sophie.

— Non, je ne peux pas. Ça les tuerait ; c'est déjà assez difficile comme ça, répondit la mère de Sophie.

L'estomac de Morgan se noua ; quelque chose n'allait pas. Encore de mauvaises nouvelles ? Mais elle perdait déjà sa meilleure amie. Comment les choses pourraient-elles empirer ? Une vague appréhension l'envahit, un sentiment de perte pour quelque chose d'inconnu ; elle cessa de pleurer.

Sophie renifla, se leva et commença à descendre l'échelle à contrecœur. — Qu'est-ce que vous chuchotez tous les deux ?

— Je suis désolée, ma chérie, mais j'ai une mauvaise nouvelle, bégaya la mère de Sophie. Les nouveaux propriétaires ont demandé si nous pouvions enlever la cabane avant leur arrivée la semaine prochaine.

— La cabane ? Vous ne pouvez pas ! Sophie tremblait de rage, soudaine et claire, attrapant de justesse la couverture que Morgan lui lançait. — Ce n'est pas déjà assez dur que je sois *arrachée* à ma meilleure amie ?!

— Ce n'est pas comme si nous pouvions l'emporter avec nous, ma chérie. Elle parlait de l'arbre. Ce n'était plus qu'un vague attachement pour Sophie, déjà en train de s'estomper. Il y avait comme un brouillard autour dans son esprit.

Morgan regarda le père de Sophie, qui cachait maladroitement sa boîte à outils derrière son dos. Il était temps de partir. Sans la cabane, il n'y aurait pas de retour possible. Ce départ ressemblait à la mort de quelque chose - de la mémoire.

— Allez, Sophie, je vais t'aider à faire tes bagages, proposa Morgan, prenant la main de son amie et l'entraînant à l'intérieur.

Les filles emballèrent la chambre de Sophie en silence, faisant semblant de ne pas entendre le bruit du bois qui se brisait et s'écrasait au sol dehors. Sophie commença à sangloter profondément. Elle restait immobile, figée comme une poupée. Les larmes coulèrent quelques instants plus tard. Morgan se précipita pour fermer les rideaux, mais pas avant d'apercevoir les derniers vestiges de la cabane. Les poutres de bois éclataient sous la force du marteau du père de Sophie, s'effondrant et s'écrasant au sol jusqu'à ce que les branches soient nues. Les cicatrices dans le bois sombre étaient maintenant le seul signe que la cabane, ou Sophie et Morgan, avaient été là.

Traversant la pièce en coup de vent, Morgan brancha son téléphone à son enceinte Bluetooth encore non emballée, mettant en file d'attente sa playlist préférée pour remonter le moral. — Voilà, plus de pleurs. Je ne sais pas combien je peux en supporter encore, dit-elle, forçant un sourire. — Il nous reste encore quelques jours ensemble. Faisons en sorte qu'ils soient les meilleurs.

Sur ces mots, Morgan saisit la main de Sophie, dansant autour de la pièce comme une folle jusqu'à ce que son amie éclate de rire.

Le reste de la semaine passa dans un tourbillon d'emballage. Elles créèrent de nouveaux souvenirs, passant ces derniers jours au parc et au centre commercial, prenant autant de photos que possible, dormant chez Morgan aussi souvent que possible, et restant éveillées tard pour regarder des films. Elles essayèrent surtout d'éviter de penser au compte à rebours qui diminuait inexorablement jusqu'au jour où Sophie partirait.

Finalement, l'heure redoutée arriva. Sophie et Morgan étaient assises sur le perron de Sophie, regardant les déménageurs emballer leurs meubles et les parents de Sophie charger la voiture.

Sophie essuya sa joue du revers de la main. — Je n'arrive pas à croire que ça se passe enfin. C'est allé trop vite.

— Je sais. J'aimerais que tu puisses rester aussi. Mais maman a dit que si ta mère est d'accord, tu pourras toujours venir nous rendre visite, proposa Morgan.

Sophie renifla, se mettant debout. — J'ai un cadeau pour toi. Attends ici. Elle courut dans sa maison et revint quelques instants plus tard avec un grand paquet emballé dans du papier de soie coloré et orné d'un ruban.

— Sophie, tu n'avais pas à faire ça, dit Morgan. — Je me sens tellement mal de ne rien t'avoir offert.

— Ce n'est rien de spécial, mais je veux que tu l'aies.

Morgan hocha la tête et déchira le papier. À l'intérieur se trouvait une couverture décorée avec le logo de leur groupe préféré. Elles l'avaient fabriquée ensemble, en utilisant un fer à repasser pour appliquer l'art sur le tissu en coton.

— Je veux que tu l'aies. Tu as été la meilleure amie qu'une fille puisse demander. Mais tu es plus qu'une amie. Tu es comme une sœur pour moi, rit Sophie en donnant un coup de coude à Morgan. — Et puis, si tu as la couverture, ça me donne plus de raisons de revenir.

Morgan jeta ses bras autour du cou de Sophie, la serrant fort.

— Je l'adore. Je t'aime. Tu es ma sœur aussi, pleura Morgan.

— Non ! Ne commence pas à pleurer. C'est toi qui es forte. Si tu pleures, je vais recommencer à pleurer aussi.

Les parents de Sophie l'appelèrent. Morgan se tenait à côté de sa mère, faisant signe à sa meilleure amie. Le moteur du camion de déménagement rugit, s'éloignant lentement de l'allée, le départ marquant la fin d'une époque.

La vision de Morgan se brouilla. Il n'y avait aucune chance que Sophie et ses parents reviennent.

# 22

MORGAN REGARDAIT par la fenêtre de sa chambre. Sa mère traversait la rue en direction de la maison des nouveaux voisins, transportant un récipient en plastique de son célèbre gratin de macaronis — un cadeau de bienvenue pour eux. C'était quelque chose que sa mère faisait chaque fois que quelqu'un emménageait. La mère de Morgan disait toujours que la communauté était importante et s'efforçait de connaître tous leurs voisins.

Morgan vit un jeune couple apparaître dans l'entrée de l'ancienne maison de son amie : une grande femme blonde émergea, ses cheveux attachés en queue de cheval serrée. Elle avait des mèches brunes. Elle parlait à sa mère, semblait très amicale et avait un sourire si grand et éclatant que Morgan pouvait le voir briller depuis sa chambre, réfléchissant la lumière comme sur une surface de verre. La jeune femme présenta son mari à la mère de Morgan. Fatiguée de les regarder bavarder, Morgan se remit au lit et continua à feuilleter ses albums photos, se remémorant une époque plus heureuse avec son ancienne amie. La perte de contact avec Sophie lui semblait presque scandaleuse.

— Ma chérie, tu dois sortir de cette déprime, dit la mère de Morgan pendant le dîner.

Morgan déplaçait la nourriture dans son assiette, sans grand intérêt pour manger. Elle avait perdu l'appétit depuis le départ de Sophie. Elle répondit par un grognement, sans lever les yeux de son assiette.

— Je te propose un marché. Tu manges ton dîner, tu montes et tu fais tes devoirs avant la reprise de l'école la semaine prochaine. Et je te laisserai utiliser mon ordinateur portable pour parler à Sophie sur Skype, et je te laisserai même veiller tard. Qu'en dis-tu ?

— Vraiment ? demanda Morgan avec excitation.

— Si ça peut remettre un sourire sur ton visage, alors oui.

Morgan sourit et se sentit enfin assez bien pour finir un repas. Se régalant du gratin de macaronis de sa mère et terminant par un sundae au chocolat chaud, Morgan serra sa mère dans ses bras et courut à l'étage pour commencer ses devoirs. Morgan n'avait pas dit à sa mère qu'elle n'avait pas fait beaucoup de devoirs pendant les vacances d'été, elle avait donc beaucoup à rattraper. Mais elle savait qu'en s'y mettant sérieusement, elle pourrait y arriver.

Les maths d'abord — l'algèbre. Morgan détestait l'algèbre. Sophie avait toujours été meilleure dans cette matière. Mettant ça de côté, elle pensa qu'elle pourrait demander de l'aide à Sophie quand elle l'appellerait plus tard. Elle fit ce qu'elle pouvait et mit ses exercices de côté. Après avoir rapidement terminé son devoir d'anglais, Morgan passa à l'histoire. Telle une femme en mission, elle concentra toute son attention sur son travail jusqu'à ce que quelque chose attire son intérêt.

Envahie par une soudaine sensation d'être observée, Morgan sentit un frisson la parcourir. Tirant la couverture à motif de groupe de musique autour de ses épaules, Sophie jeta un coup d'œil par sa fenêtre. La maison en face — celle de ses nouveaux voisins — était plongée dans l'obscurité. Les voitures n'étaient plus devant le garage. Elle supposa qu'ils étaient sortis dîner, mais une lumière était allumée à la fenêtre du troisième étage.

S'approchant de sa fenêtre, Morgan regarda dehors. Un garçon d'environ son âge se tenait à la fenêtre, la fixant du regard. Morgan rougit, replaçant des mèches rebelles derrière ses oreilles. Elle le trouvait mignon et grand, avec des cheveux noirs et des traits qui lui rappelaient une star de la pop. Morgan observa le garçon qui la fixait sans ciller, son visage impassible.

Quand ils avaient emménagé ce matin-là, Morgan ne se souvenait pas avoir vu la nouvelle famille avec un garçon, mais elle s'était rapidement éclipsée dans sa chambre. Peut-être qu'il était à la maison en train de faire ses devoirs, se préparant aussi pour l'école. Morgan et le garçon se regardèrent pendant un moment. Ses yeux ne quittaient pas les siens. Puis, se sentant un peu mal à l'aise, Morgan sourit et fit un signe de la main. Le garçon ne bougea pas. Elle agita à nouveau la main, et il resta immobile. Mortifiée, embarrassée et le visage rouge, Morgan fit comme si sa mère l'avait appelée, murmurant les mots « J'arrive tout de suite », se donnant ainsi une raison de fermer rapidement les rideaux.

— Hé ma chérie, comment ça avance ? demanda sa mère, frappant à sa porte et passant la tête par l'encadrement.

— Tout est fini, sourit Morgan, heureuse de la distraction. Elle prit une profonde inspiration.

— Très bien. Tiens, amuse-toi bien. Veux-tu un chocolat chaud ? Sa mère lui tendit son ordinateur portable.

— Bien sûr, ce serait parfait. Des guimauves supplémentaires, s'il te plaît.

— Comme toujours, rit sa mère.

Morgan avait hâte de parler avec son amie et de découvrir si Sophie lui manquait autant qu'elle manquait à Morgan. Attendant que l'écran se charge, Morgan s'agitait d'impatience. Puis, enfin, l'écran s'alluma, et le visage de Sophie lui sourit.

— Oh mon Dieu, Morgan, tu m'as tellement manqué, rugit Sophie, son visage rayonnant de son sourire éclatant.

— Tu m'as manqué aussi. Comment est la Californie ?

Sophie parla à Morgan des garçons mignons de sa rue, de la façon dont ses parents essayaient de l'encourager à se faire des amis, et de sa nouvelle école. Sophie avait toujours aimé la chaleur, donc elle adorait le soleil californien. À voir sa peau éclatante, le soleil l'aimait aussi.

— Alors, est-ce que la nouvelle famille a emménagé ? demanda Sophie.

— Ouais, et j'ai eu l'expérience la plus étrange avec leur fils.

— Ooooh, raconte, gazouilla Sophie, applaudissant.

— Rien de ce genre. Je l'ai vu m'observer par la fenêtre. Il se tenait juste là à me fixer. J'ai fait un signe de la main, et il n'a même pas cligné des yeux. J'ai fait semblant que maman m'appelait pour pouvoir fermer les rideaux. C'était tellement embarrassant, grimaça Morgan.

Sophie rit aux éclats jusqu'à ce que son amie rie avec elle.

— La question importante est... est-il mignon ? Sophie fit un clin d'œil.

— Oh, super mignon. Il ressemble à une star de la pop, tu sais, le genre de gars qui te brise le cœur, se moqua Morgan.

— Oh mon Dieu, je l'adore déjà. Est-ce qu'il ressemblait à l'un des gars de notre groupe ? Morgan ne répondit pas. Il était probablement aussi contrarié de déménager que je l'étais. Présente-toi quand tu le rencontreras à l'école. On ne sait jamais ; la prochaine fois qu'on se parlera, tu pourrais être en train d'écrire son nom partout dans ton cahier, rit Sophie.

— Sophie, non, réprimanda Morgan en souriant.

— Tu me manques, ma fille.

— Tu me manques aussi, sourit à nouveau Morgan, se sentant quelque peu obligée de parler à sa mère lorsqu'elle entra avec son chocolat chaud.

## 23

Morgan n'était pas prête à retourner à l'école sans sa meilleure amie à ses côtés. Mais sa mère lui a rappelé qu'elle avait aussi d'autres amis.

— Martin est toujours à l'école, et je sais à quel point Sophie et toi êtes proches de lui. Tu passeras une excellente journée. Le premier jour de la rentrée est toujours pénible. Je me souviens d'une fois où...

— S'il te plaît, maman, je n'ai pas besoin d'une autre de tes histoires du temps jadis, la taquina Morgan.

La bouche de sa mère s'ouvrit en une expression de choc et d'horreur feinte. Elle porta la main à sa poitrine, visiblement affligée comme si elle venait d'être subitement blessée par une force invisible.

— Oh, le jour est arrivé où ma progéniture se moque de mon âge. Comment vais-je *jamais* m'en remettre ?

Morgan et sa mère éclatèrent de rire face à cette absurdité. Elles se firent un câlin, les déjeuners furent préparés, et Morgan partit dans la rue pour attraper le bus scolaire. En passant devant l'ancienne maison de Sophie, elle leva les yeux vers la fenêtre du troisième étage. Sophie était peut-être partie, mais un nouveau gamin de l'autre côté de la rue signifiait de nouvelles possibilités d'amitié.

Morgan repensa à la veille, se rappelant l'apparence du garçon. Il avait des cheveux châtain moyen, pas bouclés ; ses yeux étaient bleus et perçants. Elle se demanda s'il était un peu plus âgé qu'elle et si elle le verrait à l'école.

*S'il n'est dans aucun de mes cours, je pourrais simplement passer après l'école pour me présenter*, pensa Morgan.

Une fois l'école commencée, tous les élèves furent convoqués dans la salle de réunion. Comme l'école le faisait à chaque début d'année et de trimestre, c'était le traditionnel discours de bienvenue. Pendant que la directrice parlait à la foule de ses projets pour la nouvelle année scolaire, des projets pour les clubs de l'école et des succès des équipes sportives, Morgan scrutait les visages de ses camarades.

Comme Morgan, peu d'autres élèves écoutaient. Certains restaient le visage collé à leur téléphone, d'autres chuchotaient entre eux, et quelques-uns gardaient même la tête baissée, faisant une petite sieste matinale. Il y avait des rangées et des rangées d'élèves, tous classés par niveau. Les nouveaux élèves s'asseyaient généralement le long de la salle d'assemblée pour observer avant d'être assignés à leurs nouvelles classes, mais Morgan ne pouvait pas voir le garçon d'en face dans la rangée des huit nouveaux élèves.

*Bon, il pourrait être dans une classe supérieure, et il y a beaucoup de visages ici*, pensa Morgan.

Ne parvenant pas à trouver le visage dans la foule, Morgan resta assise, les yeux fixés devant elle. Elle hochait la tête et souriait, mais, comme ses camarades de classe, ne prêtait pas vraiment attention à la directrice.

— MAINTENANT, la classe, j'aimerais que vous offriez tous un accueil chaleureux à vos nouveaux camarades, gazouilla Mme Lydia, la professeure de Morgan.

Morgan releva brusquement la tête de son carnet, où elle gribouillait pendant que le reste de sa classe arrivait. Excitée à l'idée de rencontrer son nouveau voisin, Morgan tendit le cou pour voir par-dessus ses camarades de classe plus grands. Trois silhouettes entrèrent dans la pièce, mais Morgan avait toujours du mal à les voir.

— Classe, veuillez accueillir Jordon du New Jersey, Lauren de l'Ohio, et Christian qui vient d'Angleterre... Nous attendions un autre élève, mais il semble qu'il se soit perdu, sourit Mme Lydia, en tapant dans ses mains et en encourageant la classe à l'imiter.

Morgan se leva de son siège pour apercevoir le nouveau garçon. Mais le garçon devant elle était pâle avec des taches de rousseur qui envahissaient son visage et d'épais cheveux roux bouclés. Ce n'était pas le beau jeune homme de la fenêtre du troisième étage d'en face.

— Désolé, je me suis perdu. Est-ce la classe de Mme Lydia ? demanda un accent rauque du Texas.

Morgan tourna vivement la tête vers la porte, espérant qu'il s'agissait de celui qu'elle cherchait, mais non. Encore une fois, Morgan fut déçue.

Morgan continua sa journée, comme d'habitude, plongeant dans de nouveaux devoirs et participant au club de débat de l'école. Pourtant, peu importe comment elle essayait de s'occuper, son esprit vagabondait vers le garçon à la fenêtre. À chaque couloir qu'elle empruntait, elle apercevait un visage dans la foule ou une silhouette, pour finalement se sentir ridicule lorsqu'elle s'approchait et réalisait que ce n'était toujours pas lui. Elle savait qu'elle le cherchait et se sentait hantée par cette motivation ; une fascination s'insinuait en elle, perturbant son attention pour les tâches courantes. Le cours de mathématiques en particulier devint un brouillard. Elle oublia brièvement comment diviser, rougissant intérieurement de cette défaillance.

Même au déjeuner, alors que Morgan écoutait ses amis discuter de leurs vacances d'été, elle scrutait chaque visage qui entrait dans la cafétéria et chaque visage qui faisait la queue pour être servi. Elle se sentait angoissée par ce processus mais ne pouvait s'arrêter.

— Tu cherches quelqu'un ? demanda Loretta, en claquant des doigts devant le visage de Morgan.

— Quoi ? Oh, non, je suis juste dans mon monde, sourit Morgan.

— Tu es comme ça toute la journée. Tu picores ton déjeuner depuis vingt minutes. Le déménagement de Sophie t'a vraiment secouée, n'est-ce pas ? demanda Michael.

— Oui, Sophie me manque, admit Morgan.

Dans le bus pour rentrer chez elle, Morgan admit sa défaite. *Je parie qu'il va à l'une de ces écoles privées chics du centre-ville*, pensa Morgan. *Ses parents avaient l'air d'avoir de l'argent, d'après les meubles que je les ai vus déménager.*

— Salut ma puce, comment était l'école ? demanda sa mère quand Morgan jeta son sac d'école sur le comptoir de la cuisine.

— Bien, je suppose. Rien d'excitant. Comment était le travail ?

— Comme d'habitude, mais j'ai eu une charmante conversation avec nos nouveaux voisins. Natalia, c'est son nom, a vraiment aimé mes macaronis au fromage et a apporté un panier d'osier avec des muffins pour me remercier.

Morgan devint soudain attentive, écoutant sa mère parler de Natalia et de son mari Lucas comme si elle s'était fait deux nouveaux meilleurs amis. Des verres avaient été prévus pour le week-end, et la nouvelle famille organisait un barbecue dans quelques semaines, une fois installés, pour faire connaissance avec tout le monde.

— Wow, ils ont l'air si cool. Et, commença Morgan, qu'en est-il de leurs enfants ?

— Ils n'en ont pas. Natalia a plusieurs nièces et neveux et a dit qu'elle aime partager des moments amusants avec eux et les rendre à leurs parents à la fin de la journée. J'ai trouvé ce commentaire étrange, mais j'ai ri quand même.

— Donc, pas d'enfants ? demanda à nouveau Morgan.

— Non, juste mari et femme, sourit-elle avec prudence.

## 24

Curieuse et confuse, Morgan fut distraite pendant le reste de la soirée. Finalement, quand sa mère n'arrêtait pas de lui demander si elle allait bien, Morgan mentit en disant qu'elle avait quelques nouveaux devoirs difficiles qu'elle essayait de résoudre.

Finalement, la curiosité prit le dessus. Prétextant vouloir se coucher tôt, Morgan se dirigea vers sa chambre. En jetant un coup d'œil à travers les rideaux, son cœur manqua un battement. À la fenêtre du troisième étage, se tenant comme s'il n'avait pas bougé depuis la dernière fois, se trouvait le garçon.

Morgan ouvrit les rideaux, et le garçon ne bougea pas, la fixant sans ciller avec la même expression vide. Morgan fit un signe de la main, cette fois sans prendre peur, et attendit qu'il lui réponde. Il ne le fit pas. Pensant que le garçon était un peu étrange, Morgan décida de terminer ses devoirs à son bureau. Essayant de faire comme si cela ne la dérangeait pas, elle vérifiait régulièrement si le garçon était toujours là. Du coin de l'œil, elle vit qu'il ne bougeait pas. Il continuait à se tenir là, à observer Morgan qui travaillait. C'était une sensation liminale, son regard sur elle, assise à son bureau comme s'il était quelque part dans un coin. Elle n'avait pas peur car elle était seule à bien des égards. Elle savait qu'il était là uniquement en jetant parfois un coup d'œil à sa fenêtre, trouvant un peu étrange qu'il se contente de fixer sa chambre, bien que cela semblait assez confortable, étant donné la distance. Sa porte était verrouillée et sa fenêtre fermée. L'événement ressemblait à un passage devant un égout pluvial bouché par des débris mouvants mais méconnaissables. Ses yeux se tournèrent à nouveau vers la fenêtre alors qu'elle terminait son essai.

Finalement, Morgan commença à se fatiguer. Fermant ses rideaux, elle se dirigea vers sa salle de bain pour se laver les cheveux et se préparer pour la nuit. Complètement détendue, elle s'enfonça dans son lit, où son esprit était encore fixé sur le garçon à la fenêtre. Qui était-il ? Pourquoi ses parents niaient-ils son existence ? Et pourquoi continuait-il à fixer ? ...Existe-t-il vraiment ? Morgan rêva qu'elle lui criait de parler ou même de cligner des yeux. Mais comme une statue, il restait là à regarder.

Perplexe et un peu perturbée par ce rêve, la première chose que fit Morgan en se réveillant fut de vérifier si le garçon était toujours là. Quand elle vit qu'il n'y était plus, elle supposa qu'il dormait encore ou qu'il était parti à l'école qu'il fréquentait.

Assise avec sa mère pour le petit déjeuner, Morgan aborda le sujet des nouveaux voisins. Elle voulait savoir tout ce que sa mère savait à leur propos. Natalia était organisatrice de mariages et passait la plupart de ses journées à voyager, à parler aux fournisseurs et aux lieux de réception, et la majorité de ses week-ends à différents mariages. Lucas était photographe, spécialisé dans le marketing d'applications de retouche photo pour smartphones. Il avait travaillé sur des campagnes assez impressionnantes, et Morgan se rendit compte qu'elle utilisait l'une de ces applications. Il aidait parfois à photographier les mariages que Natalia organisait. Ils formaient un bon couple, selon sa mère.

Le nouveau couple s'était récemment marié et avait acheté leur première maison ensemble. Mais étant des personnes très axées sur leur carrière, ni l'un ni l'autre ne voulait d'enfants. Morgan était stupéfaite par la quantité d'informations que sa mère avait obtenues en quelques brèves conversations autour d'un échange de plats. Mais la mère de Morgan était le genre de femme capable d'arrêter un inconnu dans la rue et de découvrir toute son histoire.

— Enfin, assez bavardé, tu ferais mieux de te préparer pour l'école, lui dit sa mère, la chassant tandis qu'elle débarrassait la table.

Morgan se doucha, se brossa les dents et les cheveux, et appliqua une quantité très minime de maquillage. Puis, en préparant son sac, elle se sentit attirée vers la fenêtre. Le garçon n'était toujours pas revenu, mais elle observa Lucas sortir de la maison. Avec des cheveux blonds épais et en désordre et une barbe assortie, il portait un jean foncé déchiré et un t-shirt blanc uni. Son appareil photo était suspendu à son épaule, et il tenait un mug de voyage rempli de café. Morgan le regarda monter dans sa BMW et partir avec de la musique qui résonnait à travers les vitres de la voiture.

— Morgan, tu vas être en retard. Dépêche-toi ! cria sa mère depuis le bas des escaliers.

Pressée de ne pas manquer le bus scolaire, Morgan fit rapidement un câlin à sa mère et attrapa son déjeuner avant de se précipiter dehors. En partant, elle vit Natalia, vêtue d'un tailleur-pantalon fuchsia vif et de talons vertigineux, se précipiter vers sa voiture ; tenant son téléphone sous le bras et luttant avec une pile de dossiers, elle monta rapidement dans sa voiture et partit à toute vitesse.

Pendant que Morgan attendait son bus scolaire, elle gardait un œil attentif sur la maison, guettant le départ du garçon, mais personne d'autre ne quitta la maison. Elle s'exerça à surveiller la fenêtre du coin de l'œil pendant quelques instants. La tension de cet exercice lui donna un léger mal de tête. Elle soupira et monta dans le bus.

## 25

INCAPABLE DE CESSER de penser au nouveau couple et au mystérieux garçon à la fenêtre, Morgan décida qu'il était temps d'en parler à quelqu'un. Était-ce une obsession ? Avait-elle besoin d'aide ? Sophie n'étant pas disponible pour un appel vidéo, Morgan se tourna vers la seule autre personne en qui elle avait confiance. Son deuxième meilleur ami, Michael.

— Salut M, comment vas-tu ? Tu m'as manqué hier, mais on dirait qu'on a biologie ensemble aujourd'hui, dit Michael, donnant une légère tape sur l'épaule de Morgan.

— Oui, je crois qu'on a aussi anglais et histoire ensemble, sourit Morgan.

La sonnerie retentit, indiquant qu'il était temps pour les élèves de se diriger vers leur prochain cours. En se frayant un chemin à travers les couloirs bondés et bruyants, Morgan écoutait Michael parler de sa sortie de pêche avec son père et son grand-père, ainsi que du spectacle de monster trucks auquel il avait assisté avec son frère aîné Simon.

— Comment se sont passées tes vacances ? Comment tiens-tu le coup depuis le départ de Sophie ? Je suis tellement triste de ne pas avoir eu l'occasion de lui dire au revoir, dit Michael, esquivant l'un des élèves plus âgés qui fonçait dans le couloir.

— Elle me manque. Les nouveaux voisins ont emménagé maintenant, aussi, répondit-elle.

— Wow, comment sont-ils ? demanda Michael.

Ils entrèrent dans leur cours de biologie avec M. Jones, qui demanda aux élèves de s'asseoir tranquillement, *s'il vous plaît*, et de se préparer pour le début du cours, coupant court à la conversation de Michael et Morgan. Morgan et Michael n'eurent pas l'occasion de continuer à parler jusqu'à l'heure du déjeuner. Michael remarqua la même chose que leurs autres amis assis à la table du déjeuner. Morgan picorait son repas et était très distraite.

— Alors, tu me parlais de tes nouveaux voisins. Comment sont-ils ?

— Ah, oui. Étranges, vraiment..., répondit Morgan.

— Comment ça ?

Morgan raconta à Michael que lorsque Natalia et Lucas avaient emménagé, elle n'avait pas remarqué leur fils avec eux. Elle expliqua leurs emplois et tout ce que sa mère lui avait rapporté de la conversation avec Natalia.

— Ça semble plutôt normal. Il y a quelque chose d'anormal ? s'enquit Michael.

— Eh bien, la nuit où ils ont emménagé, j'ai ouvert mes rideaux et j'ai vu un garçon de notre âge, peut-être un peu plus âgé, à la fenêtre du troisième étage. Il était debout et fixait, comme une statue. Il ne clignait pas des yeux et ne bougeait pas. Je lui ai fait signe, mais il n'a pas réagi.

— Il était probablement timide.

— Ce n'est pas le plus étrange. Je ne l'ai pas vu à l'école hier, et quand je suis rentrée, ma mère a dit qu'ils n'ont pas d'enfants. Mais il était de nouveau à la fenêtre hier soir, à me regarder.

Michael mâcha son déjeuner un moment, plongé dans ses pensées. — Peut-être qu'il suit l'école à la maison.

— Mais pourquoi diraient-ils qu'ils n'ont pas d'enfants ? demanda Morgan.

— Eh bien, il a l'air un peu bizarre, à fixer, à ne pas bouger ou réagir. Peut-être qu'il est spécial, et que ses parents sont gênés ? Donc, ils pourraient le garder caché parce qu'il est dangereux... — il se reprit : — Non, peut-être qu'il est autiste ou quelque chose comme ça. — Il fit une pause pour boire une pinte de lait. — Certaines personnes sont comme ça...

Le choix de mots de Michael choqua Morgan. Si le garçon était dangereux, était-elle en sécurité vivant de l'autre côté de la rue ? Son esprit s'emballait avec les possibilités. Elle avait espéré que parler avec Michael pourrait la rassurer. Michael était généralement une personne très logique, il donnait d'excellents conseils et était toujours sensé, mais maintenant Morgan se sentait anxieuse et plus curieuse que jamais. Plus elle y réfléchissait, plus de questions surgissaient dans son esprit.

Une idée lui vint. Elle prit son téléphone et rechercha les alertes enlèvement locales concernant un garçon disparu correspondant à sa description. Malheureusement, aucune alerte enlèvement ne correspondait, et la recherche ne donna que cinq résultats. La plupart concernaient des filles, et les garçons étaient beaucoup plus jeunes. Elle élargit sa recherche aux alertes régionales et nationales, mais les résultats étaient bien trop nombreux pour les parcourir. Elle y passerait des heures.

— Qu'est-ce que tu fais ? demanda Michael, lui arrachant son téléphone et parcourant les résultats.

— Et s'ils l'avaient kidnappé ?

— Allons, Morgan, pourquoi le laisseraient-ils seul s'ils l'avaient kidnappé ? Il pourrait s'échapper pendant qu'ils sont absents, argumenta Michael. — D'ailleurs, il est plus probablement autiste que violent... non ? Il semblait très incertain.

— Et s'il était *enfermé* dans cette chambre ? lança-t-elle.

— Bon point, mais pourquoi n'essaierait-il pas de te demander de l'aide s'il était piégé ?

Morgan ne pouvait pas contester cet argument. Elle savait que si elle avait été kidnappée, elle aurait fait tout son possible pour alerter quelqu'un qui la verrait. Pourquoi n'avait-il pas fait plus que rester debout et fixer ? Elle réfléchit, passant à une nouvelle question.

— Et s'ils le retenaient contre sa volonté ? Tu sais, comme un prisonnier. Il pourrait être leur fils, mais ils pourraient avoir peur qu'il s'enfuie. Comme s'il avait déjà essayé de fuguer, proposa Morgan.

— Même réponse ; pourquoi ne fait-il rien à ce sujet ? Se rend-il compte qu'il *devrait* faire quelque chose ? demanda Michael, le manque de bonnes réponses ressemblant à un rejet du sujet.

Morgan reprit son téléphone et chercha des articles sur Lucas et Natalia, mais sans connaître leur nom de famille, elle ne pouvait pas affiner la recherche. Elle explora donc un peu plus et trouva le site web de planification de mariages de Natalia. La page « À propos de moi » décrivait Natalia, son mariage avec Lucas, et comment ils s'étaient rencontrés au lycée. Des photos détaillant leur vie ensemble montraient des vacances, leur jour de mariage, et leur évolution commune au fil des ans. Sur de nombreuses photos, les bordures étaient vides, principalement des espaces blancs ou noirs avec des images centralisées. Pourquoi ne voyait-on pas d'arbre de Noël à côté de l'un d'eux déballant un cadeau ? Elle pouvait comprendre que les photos de mariage montrent principalement le couple marié, mais même le lancer de bouquet montrait des femmes entassées au milieu, sans chaises ni autres personnes à proximité, comme un troupeau. Une photo suivante montrait la femme qui avait attrapé le bouquet rouge pastel, à nouveau centralisée, debout entre Lucas et Natalia. La femme regardait l'appareil photo sans expression, et les mariés semblaient distraits par quelque chose hors champ. Cette présentation ne semblait pas absurde ; elle haussa les épaules. Aucune image ne montrait d'enfants, et il n'y avait aucune mention d'enfants non plus.

Une autre recherche la conduisit à la page de photographie de Lucas. Ses photos étaient incroyables, distrayant momentanément Morgan de son objectif initial sur le site. En parcourant sa page À propos, elle trouva une description et des photographies similaires à la page de Natalia. Rien d'intéressant.

Plusieurs minutes s'étaient écoulées. — Pourquoi es-tu si obsédée par ce type ? Il est canon ? la taquina Michael.

— Je ne vais pas mentir. Il est mignon, vraiment super mignon. Mais c'est plus que ça. Quelque chose me semble bizarre dans toute cette histoire. Je dois en savoir plus sur lui et m'assurer qu'il va bien.

— Es-tu sûre que ce n'est pas juste ta façon de projeter ? Tu as toujours été comme une grande sœur pour Sophie. Peut-être qu'elle te manque plus que tu ne le penses, et que ce sont tes émotions qui se manifestent dans un nouveau projet, haussa Michael les épaules.

Morgan réfléchit un peu à son commentaire. Sophie n'avait qu'un an de moins que Morgan, et elles se connaissaient depuis qu'elles étaient assez grandes pour marcher. Morgan avait repoussé les intimidateurs et aidé Sophie à apprendre à faire du patin et du vélo sans se rendre compte qu'elle avait assumé un rôle de protectrice et de grande sœur dans leur amitié. Mais elle ne regardait pas le garçon à la fenêtre de cette façon. Même si elle était naturellement protectrice par nature, le nœud dans son ventre et la tension dans sa poitrine lui disaient que quelque chose de plus profond et sinistre était en jeu.

— Qu'est-ce qu'il y a de mal à ça ? Disons que tu as raison. Y a-t-il quelque chose de mal à ce que je veuille aider quelqu'un ? demanda-t-elle.

— Pas du tout. En fait, je pense que c'est super. Mais ne te retourne pas le cerveau. A-t-il l'air blessé ? Affamé ? En danger ? Qu'est-ce qui te fait penser qu'il a besoin d'être sauvé, ou qu'il y a quelque chose d'inquiétant ? demanda Michael.

Morgan réfléchit intensément au garçon. Elle n'avait pas vraiment prêté beaucoup d'attention. Elle ne se souvenait pas s'il semblait effrayé ou en danger. Il avait un visage en bonne santé, pas trop mince. À part son apparence, tout ce qui lui restait en mémoire était son comportement étrange et immobile. Sa façon de fixer. *Mon Dieu,* qu'il était beau.

— Tu as peut-être raison, soupira Morgan, admettant sa défaite.

— Écoute, je vois bien que tu t'en soucies. J'ai toujours admiré ça chez toi. C'est pour ça qu'on est si bons amis. Tu as un si grand cœur. Garde un œil ouvert. Si tu vois quelque chose qui sort de l'ordinaire ou s'il fait une tentative pour demander de l'aide, parles-en à ta mère. En attendant, ne t'inquiète pas trop.

## 26

GARDANT à l'esprit les paroles de Michael, Morgan décida de surveiller la maison depuis sa fenêtre pendant le reste de la semaine. Sortant un carnet de notes supplémentaire, elle commença à tenir un journal. D'abord, elle nota quand Natalia et Lucas partaient et rentraient. Ensuite, elle nota quand elle voyait quelqu'un entrer ou sortir de la maison et à quelles heures le garçon apparaissait à la fenêtre.

La première nuit, elle l'observa de loin, faisant semblant de ne pas le regarder tout en continuant ses devoirs et d'autres tâches dans sa chambre. Chaque fois qu'elle faisait quelque chose de nouveau, elle notait l'heure, la tâche, et si le garçon bougeait, ce qu'il ne semblait jamais faire.

La deuxième nuit, elle créa de grandes pancartes à accrocher à sa fenêtre. La première disait bonjour, mais là encore, le garçon ne répondit pas. La pancarte suivante demandait s'il parlait anglais, mais il n'y eut aucune réaction. La frustration commençait à s'accumuler dans son estomac. Elle essayait de vérifier son bien-être, et pas une seule fois il n'avait répondu.

*Le garçon à la fenêtre n'a pas répondu à mes pancartes. Sait-il lire ?*
*Est-il aveugle ? Pourquoi ne bouge-t-il pas ? Il agit comme une statue,*
*regardant à travers moi. Que se passe-t-il dans l'ancienne maison de*
*Sophie ? Suis-je en train de devenir folle ? Et s'il était une statue ? Très*
*réaliste si c'est le cas. Pourrait-ce être un moyen de dissuasion contre les*
*voleurs quand Natalia et Lucas ne sont pas à la maison ?*

Morgan écrivait de plus en plus. La troisième nuit, elle essaya à
nouveau avec d'autres pancartes.

Comment vas-tu ?

Peux-tu me répondre ?

Es-tu en sécurité ?

Je m'appelle Morgan.

Fatiguée de ne recevoir aucune réponse et par manque de
sommeil, Morgan ferma les rideaux et alla se coucher.

Le quatrième jour, comme chaque matin depuis qu'elle avait
commencé ses observations, elle nota le moment où elle se réveillait,
le temps qu'il faisait quand elle vérifiait si le garçon était là, et ce
qu'elle faisait. Chaque matin, il avait disparu. Morgan vérifiait sa
fenêtre plusieurs fois avant de partir pour l'école, mais il semblait que
le garçon n'était jamais présent après le lever du soleil.

— COMMENT SE PASSE LA SURVEILLANCE ? demanda Michael au
déjeuner le cinquième jour.

— Rien de nouveau à signaler. Regarde, dit Morgan en faisant
glisser son carnet de notes à travers la table.

Michael parcourut page après page, ses yeux s'écarquillant. Finalement, refermant le livre, il le fit glisser en retour et regarda Morgan
avec inquiétude.

— Morgan, c'est dingue. Tu deviens obsédée — c'est trop.

— Qu'est-ce que tu ferais à ma place ? demanda Morgan.

— Ha ! Probablement la même chose, admit Michael.

Reprenant le carnet, Michael examina ses notes. Hochant la tête et parcourant page après page.

— Pourquoi n'as-tu pas pris de photos ? Tout bon détective collecterait aussi des preuves photographiques.

— Ce serait aller trop loin. Je suis presque sûre que ça enfreindrait une loi quelconque.

Morgan rit, même si elle trouvait que c'était une bonne idée.

— C'est vrai.

À LA FIN de la semaine, Morgan décida de simplement observer. Ses devoirs terminés et sans projets pour le weekend, elle descendit discrètement et rassembla quelques collations et un thermos de chocolat chaud. Elle s'enveloppa dans la couverture de l'orchestre et s'assit à sa fenêtre, observant la statue du garçon. Il portait toujours les mêmes vêtements, avait la même position, et se tenait à la même fenêtre. Aux premières heures du matin, Morgan s'excita, remarquant enfin que le garçon clignait une fois des yeux. Griffonnant des notes à ce sujet, et avec une soudaine poussée d'énergie, Morgan se redressa, en alerte.

> *Le garçon à la fenêtre a cligné des yeux. Il n'est définitivement pas une statue. J'étais stupide de penser cela. Il est maintenant trois heures quarante-cinq, et il n'a pas bougé une seule fois. Il porte les mêmes vêtements qu'il portait depuis la première nuit. Il ne semble pas être en détresse ou blessé ; même ses vêtements ne sont pas sales. Son teint est net, et il semble bien nourri, avec un poids moyen. Il ne montre aucun signe de stress ou de peur. Tout semble relativement normal. Alors pourquoi le cachent-ils ?*

S'ennuyant et les yeux lourds, Morgan posa son ordinateur

portable sur son genou et chargea Google. Elle tapa la description du garçon et chercha, mais sa description n'était pas assez précise et n'affichait que des images génériques. Essayant une autre approche, elle rechercha des articles sur un garçon qui s'était enfui et avait été retrouvé. Encore une fois, rien ne correspondait au garçon à la fenêtre. Enfin, elle chercha des articles sur un garçon dangereux pour voir si elle pouvait trouver une raison pour laquelle ses parents pourraient le tenir caché, mais encore une fois, elle ne trouva rien. Les yeux de Morgan devinrent trop lourds alors que le soleil se levait, et elle s'endormit.

En se réveillant, elle se précipita à sa fenêtre pour constater que le garçon avait disparu.

*Mince* ! pensa-t-elle. *Je voulais suivre quand il quittait la fenêtre. Je vais devoir réessayer demain.*

Morgan savait qu'elle ne pouvait pas rester éveillée une autre nuit d'affilée, pas avec le weekend qui touchait à sa fin et l'école qui approchait. Alors, elle régla plutôt son réveil pour se réveiller une heure avant le lever du soleil. Se réveillant à cinq heures du matin, Morgan fut heureuse de voir que le garçon était là. Elle ne voulait pas le manquer quand il quitterait la fenêtre. Elle espérait que si elle pouvait le regarder quitter la fenêtre, elle pourrait obtenir quelques réponses. Qu'y avait-il d'autre dans la pièce ? Ses parents venaient-ils le chercher ? Mais avant qu'elle ne puisse obtenir les réponses qu'elle désirait, elle s'endormit à nouveau, se réveillant pour constater que le garçon avait disparu.

*Oh, allez, c'est dingue. Est-ce qu'il joue avec moi ?* pensa Morgan.

Frustrée, elle abandonna, se retourna et se rendormit.

## 27

— MORGAN, lève-toi. Il est presque midi. Qu'est-ce qui te prend de dormir si tard ? dit la mère de Morgan en la réveillant ce dimanche matin.

— Quoi ? Midi ? Wow, désolée, maman, bailla Morgan en s'étirant avant de sortir du lit.

— Tout va bien ?

— Bien sûr, sourit Morgan.

— J'ai quelques courses à faire aujourd'hui avant de terminer mon projet pour le travail. Ça te dit de venir faire un tour ? Je pourrais même m'arrêter pour te faire plaisir sur le chemin du retour.

— Bien sûr, ça a l'air sympa, répondit Morgan, heureuse de cette distraction.

Morgan attendit que sa mère quitte sa chambre avant de vérifier de nouveau la fenêtre. Le garçon avait définitivement disparu. Après s'être préparée, elle descendit et prit un déjeuner équilibré avec sa mère avant qu'elles ne sortent. Pendant que sa mère prenait un appel de son patron, Morgan s'approcha de la maison de l'autre côté de la rue, à nouveau fixée sur la fenêtre du troisième étage. La pièce en question avait autrefois été la chambre de Sophie. Elle se demandait ce qu'elle était devenue. Était-ce la chambre du garçon ?

Sa prison ? Ou l'avaient-ils simplement laissée vide pour l'y placer chaque jour, comme si la pièce n'était qu'un conteneur de stockage ?

— Morgan ! cria sa mère, la ramenant brutalement à la réalité.

— Désolée, gazouilla Morgan en sautillant jusqu'à la voiture.

— Qu'est-ce qui t'arrive ces derniers temps ? Tu es toujours distraite et obsédée par cette maison.

— Ce n'est rien. Sophie me manque, c'est tout, ainsi que nos souvenirs dans cette maison, mentit Morgan pour détourner la conversation.

— Je sais, ma chérie, mais ça deviendra plus facile, je te le promets.

Morgan et sa mère passèrent la journée à faire les courses, à choisir de nouveaux rideaux pour le salon et à s'occuper de quelques autres tâches dont sa mère devait s'acquitter. Après leur journée shopping, Morgan et sa mère allèrent au salon de manucure et terminèrent leur journée autour d'un café chez Starbucks.

— Merci pour cette journée, maman, c'était sympa, sourit Morgan.

— Quand tu veux, mon amour.

De retour à la maison, Morgan aida sa mère à ranger les courses et commença ses corvées. Elles riaient, plaisantaient et dansaient au rythme de la radio, profitant de la compagnie l'une de l'autre. C'était une distraction bienvenue pour Morgan.

— Où est ton uniforme de gym ? Je vais faire une lessive, demanda sa mère.

— Il est dans mon sac dans la cuisine, répondit Morgan en essuyant la table basse. Le reflet dans celle-ci formait un miroir sombre.

Quelques minutes plus tard, la mère de Morgan apparut dans l'embrasure de la porte, tenant le carnet de notes de Morgan. Son visage exprimait une grave inquiétude.

— Morgan ? Qu'est-ce que c'est ? Tu espionnes nos voisins ? Et qu'est-ce que c'est que cette histoire de garçon kidnappé ?

Morgan se retourna, bouche bée, les yeux fixés sur le carnet.

— Maman, tu lis mes affaires ? cria Morgan en traversant la pièce en courant et en arrachant le carnet des mains de sa mère.

— Il est tombé de ton sac, et j'étais inquiète. Morgan, qu'est-ce qui se passe ?

Morgan resta silencieuse, ne sachant pas si elle devait tout dire à sa mère, qui se tenait dans l'encadrement de la porte, les bras croisés, en attendant. L'expression sur son visage, que Morgan connaissait bien, disait : « Je ne bougerai pas tant que tu ne m'auras pas dit la vérité. »

Soupirant, Morgan prit la main de sa mère et la conduisit vers le canapé. Elle expliqua ce qui s'était passé le jour où la nouvelle famille avait emménagé et ses inquiétudes concernant le garçon à la fenêtre. Morgan expliqua ses notes page par page et ses craintes que Natalia et Lucas ne soient pas ceux qu'ils prétendaient être.

— Morgan, tu n'es pas sérieuse ?

— Si, maman. Je suis vraiment inquiète. S'ils gardent quelqu'un prisonnier dans leur maison, qui sait dans quel danger nous sommes.

— Écoute, je sais que le départ de Sophie a été difficile...

— Maman ! Je n'invente rien ! s'emporta Morgan.

Morgan jeta un coup d'œil à sa montre ; il était presque l'heure du dîner. Elle savait à quel point sa théorie pouvait sembler folle pour quiconque n'avait pas vu le garçon. Même son meilleur ami Michael avait du mal à la croire. Le seul moyen de convaincre sa mère qu'elle n'était pas folle était de lui montrer. Prenant la main de sa mère, elle la tira pour la mettre debout.

— Morgan !

— Viens, maman. Je vais te montrer, alors tu *devras* me croire.

À contrecœur, sa mère suivit Morgan jusqu'à sa chambre. Morgan ouvrit grand ses rideaux et pointa du doigt l'ancienne chambre de Sophie.

— Regarde, là !

Sa mère s'approcha et fixa l'endroit, examinant chaque fenêtre de la maison.

— Tu es ridicule. Tu dois arrêter de regarder des vidéos de fantômes sur YouTube avant de te coucher, rit sa mère.

— Quoi ? Morgan regarda, et à sa grande surprise, la fenêtre était vide.

Le garçon n'était nulle part en vue, alors qu'elle l'avait vu là chaque soir depuis une semaine à la même heure. Alors pourquoi avait-il disparu quand elle avait besoin qu'il soit là ? Un nœud se forma dans son estomac et remonta vers sa gorge ; elle avala une bouffée d'air, nerveuse à présent.

— Maman, je te promets qu'il était là. Mais attends, il va réapparaître.

— Morgan, j'ai le dîner à préparer et un projet à terminer pour ma date limite de demain. Vraiment, ma chérie, tu deviens beaucoup trop grande pour ces jeux d'enfant !

— Ce n'est pas un jeu. Je dis la vérité, insista Morgan.

— Tu sais, je n'allais rien dire, mais j'ai reçu un appel de ton professeur vendredi. Ils ont dit que tu as été distraite toute la semaine. Si tu mettais autant d'efforts dans ton travail scolaire, peut-être que je ne recevrais pas d'appels de l'école exprimant leurs inquiétudes dès la *première semaine de rentrée*, dit la mère de Morgan, visiblement agacée. Je t'appellerai quand le dîner sera prêt.

Morgan s'assit sur son lit, découragée. Cela faisait longtemps que sa mère ne lui avait pas parlé aussi sèchement. Elle craignait d'avoir déçu sa mère, surtout à cause de l'école. Avait-elle rêvé toute cette histoire ? Était-elle simplement en train de s'ennuyer de sa meilleure amie ? Encore une fois, devenait-elle folle ?

Morgan s'assit et surveilla la fenêtre, mais le garçon ne se montra jamais. Finalement, décidant qu'elle était trop stressée, Morgan descendit pour regarder la télévision pendant que sa mère préparait le dîner.

Morgan et sa mère ne se parlèrent pas pendant le repas. Morgan était trop gênée pour parler, et sa mère tapait sur son ordinateur portable entre deux bouchées. Enfin, le repas terminé, Morgan laissa sa mère continuer son projet pendant qu'elle nettoyait et chargeait le lave-vaisselle.

— Je vais me coucher, dit Morgan en embrassant sa mère sur la joue.

— Quoi ? Il n'est que dix-huit heures trente, dit sa mère avec surprise.

— Je suis fatiguée, et j'ai école demain, dit Morgan.

— Morgan, je ne voulais pas te parler sèchement tout à l'heure. Je suis juste inquiète. Ce comportement ne te ressemble pas. Je suis ta mère et je veux juste m'assurer que tout va bien.

— Je sais, maman. Bonne nuit, sourit Morgan.

Morgan se dirigea vers sa chambre, prépara son sac d'école et sortit ses vêtements pour le lendemain. Puis, après avoir envoyé un rapide texto à Michael et un à Sophie, Morgan se glissa dans son lit. Lorsqu'elle tendit le bras pour fermer les rideaux, elle le vit. Haletant, elle se figea. Le garçon était revenu. Elle n'était pas folle et n'avait rien imaginé.

— Je vais découvrir ce qui se passe dans cette maison. Tu vas voir, dit Morgan en fermant les rideaux avant de s'endormir lentement. Elle rêva de l'espace entre leurs deux fenêtres et à quel point il était venteux. Le vent ne cessait d'augmenter. Il portait des murmures. Et soudain, de nombreux yeux ternes flottaient là dans l'obscurité, juste à l'extérieur de son rideau. Ils tendaient les mains vers elle.

## 28

— Pour être honnête, Morgan, je ne m'attendais pas à ce que ta mère te croie. Alors, ne m'en veux pas, mais au début, moi aussi je pensais que tu étais folle, dit Michael après que Morgan lui eut expliqué les événements de la veille.

— Merci du soutien, mon pote, rit Morgan.

— Je connais ce rire ; tu prépares quelque chose, n'est-ce pas ?

Morgan acquiesça. Sortant son carnet de son sac, elle lui présenta la page qu'elle avait préparée pendant le trajet en bus jusqu'à l'école. Michael examina les notes, les horaires et les questions que Morgan avait notés.

— Alors quoi ? Tu prévois de t'introduire par effraction ? plaisanta Michael.

— Non, bien sûr que non. Je vais surveiller la maison, découvrir tout ce que je peux sur les habitudes de Natalia et Luca, puis je vais me présenter. Je serai la voisine parfaite et je les amènerai à m'inviter. Ensuite, je vais regarder partout. Je vais découvrir ce qui se passe dans cette maison, et après *toi* et ma *mère*, vous pourrez arrêter de penser que je suis folle. Elle dé-accentua ce dernier mot, ses lèvres se plissant en le prononçant.

— Eh bien, tu te débrouilles très bien jusqu'à présent, la taquina Michael.

Pendant le reste de la semaine, Morgan observa la maison aussi attentivement qu'elle le pouvait sans éveiller les soupçons de sa mère. Puis, finalement, quand Natalia vint prendre un verre, Morgan essaya de s'asseoir et de se joindre à la conversation, mais sa mère lui dit de les laisser tranquilles. Elles avaient une « conversation d'adultes », disait-elle. Mais Morgan ne pouvait pas être si facilement découragée et se cacha derrière la porte du jardin d'hiver, écoutant et notant tout ce qui concernait la vie de Natalia et sa routine quotidienne.

— Alors, Natalia et toi avez passé une bonne soirée ? demanda Morgan pendant le petit-déjeuner le lendemain.

— Oui. Je pense que je me suis peut-être fait une nouvelle amie, répondit sa mère.

— C'est sympa. Elle a l'air plutôt cool. On dirait qu'ils mènent des vies assez séparées. Ils vont et viennent à des heures si bizarres, toujours pressés. Ça doit être solitaire pour elle. Elle pourrait avoir besoin d'une amie comme toi, dit Morgan.

— Pas vraiment. Oui, ils ont leurs propres emplois, mais Natalia a dit que quand ils sont à la maison, ils passent beaucoup de temps ensemble. Morgan ne pouvait pas confirmer cela ; elle changea de sujet. — Avez-vous beaucoup de choses en commun ? Par exemple, qu'est-ce qu'elle aime faire pendant son temps libre ?

La mère de Morgan la regarda d'un air soupçonneux mais choisit de répondre à ses questions quand même.

— Elle aime lire, elle aime les films, et elle coud. Ce beau tailleur qu'elle portait l'autre jour, elle l'a fait elle-même. Si talentueuse. J'aimerais pouvoir faire ça. Elle sait aussi faire du crochet.

— A-t-elle parlé de Luca ? J'ai l'impression de savoir beaucoup de choses sur elle mais pas grand-chose sur lui. Il a l'air plutôt cool. Il m'a dit bonjour quelques matins quand j'allais prendre le bus scolaire.

— Pourquoi toutes ces questions ? J'ai l'impression d'être interrogée, se moqua sa mère.

Morgan se tut. Elle ne s'était pas préparée à être questionnée.

Quelle excuse pouvait-elle donner ? Ce n'est pas comme si elle pouvait dire à sa mère ce qu'elle prévoyait.

— J'ai été tellement triste depuis que Sophie est partie, et tu m'as fait comprendre que je ne le gérais pas très bien la semaine dernière. Tu es une si bonne voisine ; tu fais connaissance avec tout le monde, j'aimerais avoir la chance de faire pareil, répondit Morgan, réfléchissant rapidement.

— C'est adorable, ma chérie. Je t'ai toujours dit l'importance d'être une bonne voisine, sourit fièrement sa mère.

— Je pensais faire des cookies et les leur apporter pour me présenter. Tu crois que ce serait bien ?

— Je pense que c'est une idée merveilleuse. Et si, quand tu rentres de l'école aujourd'hui, on les fait ensemble, et puis tu pourras les apporter demain après l'école ?

— J'aimerais bien, répondit Morgan.

— JE PENSE TOUJOURS que tu es folle, rit Michael. Il buvait encore du lait. La couleur de la bouteille était différente, mais Morgan ne pouvait pas déterminer en quoi.

— Alors viens avec moi demain. Ma mère ne dira rien, dit-elle.

— Ha ! Non merci, je ne veux pas participer à cette mascarade. Désolé ma petite, mais tu es toute seule sur ce coup-là. Sa mère l'appelait aussi parfois *petite*. Elle laissa passer.

Le reste de la journée d'école sembla s'éterniser. Morgan s'aperçut qu'elle ne pouvait détacher ses yeux de l'horloge, mais fixer l'horloge faisait toujours ralentir le temps. Comptant les heures, les minutes et les secondes jusqu'à ce qu'elle puisse rentrer à la maison, Morgan tripotait ses stylos, agitait sa jambe et se précipita vers le bus scolaire à la fin de la journée.

Maintenant son personnage de voisine idéale, Morgan fit les

cookies avec sa mère en rentrant chez elle et insista pour les apporter quand ils étaient encore tout chauds après la cuisson.

— Bon sang, non, il fait sombre dehors, et il est tard. Va te coucher. Tu pourras y aller demain en rentrant de l'école, argumenta sa mère.

Cette nuit-là, Morgan s'endormit en regardant le garçon. Ses yeux étaient immobiles, comme deux pierres dans une grotte. Elle dormit un peu mieux cette nuit-là, sachant qu'elle était à un pas d'obtenir enfin les réponses qui la hantaient depuis presque deux semaines.

LE MOMENT ÉTAIT ENFIN ARRIVÉ. En rentrant de l'école, Morgan courut à l'intérieur avec excitation et saisit le panier décoratif de cookies que sa mère avait laissé sur le comptoir de la cuisine. D'après ce que Morgan avait observé, la routine de Natalia et Luca était difficile à cerner. Parfois, ils ne rentraient pas avant la fin de soirée. D'autres fois, ils étaient à la maison avant que Morgan ne revienne de l'école. Morgan espérait que quelqu'un serait à la maison ce jour-là.

Les mains de Morgan tremblaient et son cœur battait plus vite à chaque pas qui la rapprochait de la porte d'entrée. Quelque chose dans la maison semblait différent. Pour Morgan, la maison avait une atmosphère plus sombre, plus menaçante. Les pignons tremblaient sous le vent, et chaque rebord du toit semblait ployer sous d'épais nuages menaçants. Elle vit la fenêtre du garçon et détourna immédiatement le regard.

Debout devant la porte, Morgan prit plusieurs respirations lentes et profondes avant de lever une main tremblante et de frapper doucement à la porte. Quelques instants passèrent sans réponse. Morgan frappa à nouveau, cette fois un peu plus fort, mais personne ne répondit.

Morgan fit le tour de la maison jusqu'à l'endroit où la voiture était habituellement garée. Elle ne savait pas pourquoi elle n'avait pas vérifié là en premier. Pas de voiture, pas de réponse. Il n'y avait personne à la maison.

Si proche, et pourtant si loin d'avoir enfin des réponses, Morgan ressentit un sentiment de vide dans son estomac. Elle ne voulait pas attendre plus longtemps. Elle était allée si loin, trop loin, pour abandonner maintenant. Sa main se porta à ses cheveux pour en enrouler quelques mèches, puis retomba. Elle réfléchit un moment à sa peur.

— Je ne partirai pas avant d'avoir des réponses, dit Morgan à la maison. Le vent balaya son visage, et la structure gémit en réponse. Ses fenêtres tremblèrent légèrement.

Elle ne savait pas comment, et peu lui importait, mais elle allait entrer.

## 29

MORGAN POSA le panier de biscuits sur le pas de la porte et vérifia que personne dans la rue ne l'observait. Une fois la voie libre, Morgan chercha aux endroits habituels où l'on cache une clé de secours. Malheureusement, les parents de Sophie avaient de nombreux endroits amusants pour cacher la clé. Sous le paillasson, dans le pot de fleurs, au-dessus du cadre de la porte et dans les parterres de fleurs. Morgan vérifia partout, mais les nouveaux voisins avaient soit caché la clé quelque part d'autre, soit négligé d'en laisser une. Avec le recul, c'était probablement mieux ainsi, étant donné que Morgan prévoyait de s'introduire dans la maison.

Puis, une pensée lui vint. Entrer était une chose, mais et si le nouveau couple avait un système d'alarme ? La police serait à la maison en quelques minutes, et tous les voisins sortiraient sûrement pour la surprendre. Alors, elle devait réfléchir intelligemment. Elle savait que le système d'alarme de sa propre maison avait été installé, alors elle vérifia les fils autour de la maison et jeta un coup d'œil par toutes les fenêtres qu'elle pouvait. Heureusement, les nouveaux propriétaires n'avaient pas encore fait installer d'alarme, ce qui rendit Morgan encore plus déterminée à entrer.

Morgan fit le tour de la maison, vérifiant toutes les fenêtres et la porte arrière, scrutant une fois de plus les alentours. La maison était verrouillée et sécurisée, mais Morgan n'abandonnait pas sans se battre. Sortant une épingle à cheveux de sa coiffure, elle essaya de crocheter la serrure de la porte arrière, mais tout ce qu'elle réussit à faire fut de tordre l'épingle et de devenir plus frustrée.

*Je me demande*, pensa Morgan. Le moment s'étendait devant elle.

Morgan se souvint que lorsque Sophie vivait dans la maison de l'autre côté de la rue, elle avait caché une clé pour le verrou de la cave. À l'arrière de la maison, près du porche, se trouvaient deux grandes portes en bois qui menaient à la cave sous la maison. Morgan fut ravie de voir que la famille de Sophie avait laissé l'ancienne chaîne et le cadenas.

*Je suppose qu'ils n'ont pas trouvé de clé pour le cadenas. Heureusement, je sais où elle se trouve*, se réjouit Morgan intérieurement.

Se dirigeant vers l'arbre, Morgan chercha parmi les pierres à la base du tronc. Au milieu se trouvait une petite pierre en plastique avec un faux fond. À l'intérieur se trouvait la clé du cadenas. Sophie avait caché la clé pour l'aider à entrer et sortir discrètement de la maison quand elle était punie. Morgan n'avait jamais pu comprendre comment Sophie s'en était sortie pendant si longtemps.

Vérifiant sa montre, Morgan savait qu'elle devait faire vite. Natalia ou Lucas pouvaient rentrer à tout moment. Alors, tournant la clé dans le cadenas, elle arracha les chaînes et se faufila à l'intérieur, refermant soigneusement la porte derrière elle.

La cave était aussi sombre qu'elle s'en souvenait, l'interrupteur était en haut des escaliers menant à la cuisine, et un autre était près du sèche-linge au bas des marches. Faisant attention à ne pas trébucher et tomber, Morgan s'enfonça dans la cave, dans l'obscurité totale. Le vent soufflait fort dehors. Quand elle atteignit le bas des escaliers, elle fit apparaître une carte mentale de la cave dans son esprit. Elle cogna sa hanche contre le sèche-linge deux pas vers la gauche. Levant la main, elle tira sur la cordelette, et la cave s'illumina.

Tout semblait différent. Le sèche-linge et la machine à laver étaient exactement au même endroit que ceux de Sophie et ses parents, et la chaudière était toujours aussi grinçante et effrayante contre le mur du fond. La vieille étagère où le père de Sophie rangeait autrefois ses outils avait disparu, remplacée par une tente grise à fermeture éclair au dos. Curieuse, Morgan ouvrit la tente et jeta un coup d'œil à l'intérieur. Lucas y avait installé une petite chambre noire pour développer ses photos. Faisant attention à ne pas laisser entrer trop de lumière, Morgan ressortit discrètement et se fraya un chemin à travers le labyrinthe de boîtes non déballées jusqu'aux escaliers menant à la cuisine.

Elle entra dans la cuisine et vit que tout était identique à l'exception de la nouvelle machine à expresso sophistiquée sur le comptoir près du frigo et des stores noir et argent aux fenêtres. L'argent des stores avait un éclat terne, le noir semblant comme des lignes de vide à travers l'espace des cadres de fenêtre.

En passant dans la salle à manger, tout était ultra-branché et moderne. Des noirs et des chromes avec des rideaux en velours argenté allant du plafond au sol étaient retenus par des cordes blanches torsadées. Comme c'est *gothique*, pensa-t-elle. Elle avait une vague idée du sujet. Michael avait prétendu être gothique une fois mais portait des vêtements normaux.

Morgan fouilla le rez-de-chaussée à la recherche de signes du garçon de la fenêtre. Le salon, au-dessus de la cheminée, arborait une immense toile représentant Lucas et Natalia le jour de leur mariage. C'était magnifique. Toutes les autres photos dans la maison étaient similaires ; Lucas et Natalia mais pas d'enfant, toutes avec une focalisation centrale, regardant l'appareil photo, debout et assis. La seule chose dans le salon qui aurait pu appartenir à un enfant de l'âge de Morgan était une console de jeux, mais Morgan en déduisit qu'elle aurait aussi pu appartenir à Lucas ; il avait l'air d'un joueur, après tout : un peu geek, portant des lunettes et toujours élégant, un artiste.

En montant à l'étage, Morgan vérifia la chambre principale et les deux chambres d'amis. Une pièce avait été transformée en bureau ; d'après l'abondance de matériel de mariage, il était évident que le bureau appartenait à Natalia. L'autre chambre d'amis avait été transformée en atelier de couture, avec un mannequin drapé de soie bleu électrique et une robe de cocktail partiellement épinglée sur le devant.

Morgan savait que le troisième étage comprenait deux pièces. La pièce à l'arrière de la maison avait une vue limitée, à cause du grand arbre à l'extérieur, et la chambre à l'avant était l'ancienne chambre de Sophie - la pièce dans laquelle Morgan devait entrer. Tandis que Morgan montait les escaliers, son cœur s'emballait, et sa bouche devenait sèche. Elle pourrait rencontrer le garçon de la fenêtre dans quelques minutes. Elle était un peu effrayée mais excitée, ses mains se crispant légèrement.

*Que vais-je dire ? Et s'il est dangereux ? Et comment puis-je nous faire sortir tous les deux d'ici* ? pensa Morgan alors qu'elle se retrouvait face à la grande porte en bois.

## 30

Morgan saisit la grande poignée de porte dorée, mais elle était trop nerveuse pour l'ouvrir. Un sentiment soudain de malaise s'empara d'elle. Une intuition lui disait de fuir et de ne jamais revenir, de se jeter par la fenêtre du couloir si nécessaire.

*Je ne peux pas abandonner maintenant. Je suis allée trop loin. Ouvre simplement cette porte*, argumenta Morgan avec elle-même.

En se retournant, Morgan décida que puisqu'elle avait fouillé toutes les autres pièces de la maison, elle devrait au moins vérifier la chambre du fond. Morgan admira l'unique chambre d'amis, décorée de blanc et de rose pâle avec des motifs de roses ornant le couvre-lit et le miroir argenté sur la commode. Elle se rappela l'image de la femme au bouquet sur la photo de mariage : des couleurs similaires.

N'ayant plus d'autre endroit où aller, Morgan savait que c'était maintenant ou jamais. Elle devait voir ce qui se trouvait à l'intérieur de l'ancienne chambre de Sophie rapidement. Les nouveaux propriétaires seraient sûrement de retour d'une minute à l'autre. Traversant le palier jusqu'à la porte, Morgan prit une profonde inspiration et ouvrit enfin la porte.

À sa surprise, la pièce était vide, à l'exception de quelques cartons de déménagement vides. Regardant autour d'elle, Morgan soupira et laissa ses épaules s'affaisser. Comment était-ce possible ? Elle avait passé plus de deux semaines à observer ce garçon. Comment pouvait-il ne pas être là ? Personne n'avait quitté la maison depuis qu'elle y était entrée ; où était-il allé ? Michael et sa mère avaient-ils raison ? Avait-elle tout inventé dans sa tête pour faire face à l'absence de Sophie ?

*Eh bien, je suppose que tout est terminé*, pensa-t-elle.

S'approchant de la fenêtre, Sophie l'examina. Une empreinte de main très légère était encore visible sur la vitre. En posant sa main dessus, elle réalisa que sa main correspondait parfaitement à l'empreinte. Alors que sa main touchait le verre froid, la porte claqua derrière elle, faisant sursauter Morgan qui laissa échapper un cri.

Sophie disait que cette porte avait sa propre volonté ; Morgan rit, essayant de calmer les battements affolés de son cœur. La charnière devait être mal fixée.

Regardant par la fenêtre, Morgan observa la rue en contrebas. Même quand elle était chez Sophie, elle n'avait jamais vraiment contemplé la vue de l'autre côté de la rue. D'abord, elle pouvait voir la maison des Robinson trois portes plus loin et leur nouveau rosier blanc. Ensuite, elle apercevait la maison des Green, avec les jouets de leurs jumeaux éparpillés sur la pelouse, et même la maison voisine de la sienne appartenant aux Montana, toujours impeccable. Puis, tandis que son regard dérivait vers sa propre maison, elle vit la voiture de sa mère dans l'allée ; elle devait juste rentrer du travail !

*Je ferais mieux d'y aller avant que maman ne réalise que je ne suis pas à la maison*, pensa Morgan.

Le regard de Morgan se posa sur la fenêtre de sa chambre, et elle se figea. L'air autour d'elle semblait geler, et son pouls s'accéléra. Le garçon de la fenêtre était assis dans sa chambre, penché sur son bureau, apparemment en train de faire ses devoirs.

— Qu'est-ce que c'est que ce bordel ? cria Morgan.

Morgan paniqua en voyant sa mère entrer dans la pièce avec une tasse de chocolat chaud. Elle observa sa mère poser la tasse sur le bureau et enlacer le garçon par les épaules.

— Maman ! hurla Morgan, les larmes lui piquant les yeux et les brûlant. Elle les essuya d'un coup de coude.

*Qu'est-ce que c'était* ? pensa-t-elle. Comment sa mère pouvait-elle prendre ce garçon dans ses bras ? Ne réalisait-elle pas qu'il n'était pas sa fille Morgan ? Puis le garçon leva les yeux vers sa mère, et tous deux échangèrent un sourire et quelques mots. Les oreilles de Morgan se mirent à bourdonner. Elle se sentait comme sous l'eau. Le bruit du vent dehors devint beaucoup moins audible.

S'agrippant au rebord de la fenêtre pour se stabiliser, Morgan se força à respirer. Ses jambes étaient comme du coton tandis qu'elle regardait sa mère quitter la pièce.

— Maman ! Maman ! Ce n'est pas moi ! Maman ! cria Morgan. Sa voix devint rapidement rauque à force de crier ; ses oreilles se débouchèrent, et le bruit du vent revint en force.

Comme s'il l'avait entendue ou avait senti qu'il était observé, le garçon leva la tête avec hésitation, scrutant la pièce. Puis, lentement, il tourna la tête, et ses yeux croisèrent ceux de Morgan.

— Hé ! Sors de ma chambre ! Qui es-tu ? hurla Morgan, frappant la fenêtre de son poing.

Le garçon s'approcha de la fenêtre et lui fit timidement signe. Morgan se figea, comme si elle se regardait faire la même chose quelques semaines auparavant. Trop effrayée pour faire autre chose et confuse, elle vit les nuages à la périphérie de la fenêtre disparaître. Tout ce que Morgan pouvait faire, c'était le fixer. Le visage du garçon changea ; il semblait surpris et embarrassé. Puis, précipitamment, il ferma les rideaux, et Morgan vit la pièce s'assombrir à travers la mince fente restée ouverte.

— Non ! cria Morgan, martelant violemment la vitre de ses poings. — Reviens ! hurla Morgan. Le verre se fissura, et le vent s'engouffra ; elle se sentit plus froide, engourdie. Mais les sons étaient plus forts que d'habitude. Le vent hurlait maintenant ; même à l'intérieur, il semblait dangereux. Puis il s'arrêta soudainement, et le brouillard s'installa.

Courant vers la porte, Morgan essaya de l'ouvrir, mais elle était verrouillée. Elle tira sur la poignée encore et encore et poussa l'encadrement de son épaule, mais la porte ne bougeait pas. Finalement, frappant le bois de ses poings jusqu'à ce que la porte tremble, Morgan cria à l'aide. Donnant des coups de pied dans la porte aussi fort qu'elle le pouvait, espérant la défoncer ; rien de ce qu'elle fit ne fonctionna. La porte était trop épaisse ; du chêne massif.

Les larmes coulaient sur son visage tandis que la peur la submergeait, lui donnant la nausée. La bile monta dans sa gorge, la brûlant et laissant un goût acide sur sa langue. Le moteur d'une voiture ronronnait à l'extérieur de la maison. Courant vers la fenêtre, Morgan vit Natalia arriver, suivie de près par Lucas. Morgan les observa sortir de leurs voitures, se saluant par une étreinte et un baiser.

— Hé ! Ici ! Au secours, je suis enfermée ! À l'aide ! hurla Morgan.

Peu importe la force avec laquelle elle frappait la vitre de son poing ou la puissance de ses cris, le couple ne semblait pas l'entendre. Au lieu de cela, elle pouvait entendre leurs voix étouffées provenant du rez-de-chaussée. Frappant et donnant des coups de pied contre la porte, sautant sur place, Morgan continuait d'appeler à l'aide, mais personne ne venait. Son pied était blessé à force de frapper.

Boitant jusqu'à la porte, Morgan se recroquevilla en boule sur le sol. Puis, serrant ses genoux contre sa poitrine, elle commença à sangloter. Elle ne comprenait pas pourquoi personne ne l'entendait. Elle ne comprenait pas comment sa mère n'avait pas réalisé que l'enfant qu'elle avait serré dans ses bras n'était pas sa fille. Qui était ce garçon et que lui avait-il fait ?

Soudain, un grincement aigu envoya un frisson glacé dans le dos de Morgan et remplit la pièce. Levant les yeux, la respiration de Morgan devint épaisse et rapide. Le carreau de la fenêtre où se trouvait autrefois son empreinte de main se couvrit de buée. La fenêtre devint comme un tableau noir tandis que des lignes commençaient à se former sur la vitre. Quelque chose d'invisible y écrivait, le son assourdissant alors que des mots s'inscrivaient au-dessus des fissures qu'elle avait faites dans le verre.

Les yeux de Morgan s'écarquillèrent et sa température corporelle chuta tandis qu'elle fixait les mots sur la vitre. Elle ne pouvait pas détacher son regard. Des règles de jeu apparurent et s'effacèrent immédiatement.

Meilleur score actuel : 100 ans.

— Qu'est-ce que ça veut dire, bordel ? hurla Morgan, espérant que quelque chose ou quelqu'un lui réponde. Elle se souvint d'un dicton que sa mère lui répétait toujours : fais attention à ce que tu souhaites. À ce moment-là, Morgan comprit pourquoi. L'effroi envahit sa poitrine et le désespoir submergea ses pensées tandis que d'autres mots apparaissaient sur la vitre.

Nouveau joueur. Prêt à commencer ?

Fin

# HANTÉ

## 31

ÇA AVAIT ÉTÉ une année difficile au collège Riverside. Pour remonter le moral des élèves et leur donner quelque chose à attendre avec impatience, l'école a annoncé une célébration d'Halloween. C'était Mme Stuart, le professeur d'art, qui avait eu l'idée. Et après beaucoup de persuasion, les autres enseignants ont fini par se laisser convaincre.

Une lettre a été envoyée aux parents demandant toute l'aide qu'ils pouvaient offrir, et il n'a pas fallu longtemps avant que l'école ne soit submergée de parents volontaires : pâtisseries, décorations, organisation de l'événement, costumes – tout ce dont l'école pourrait avoir besoin.

— Les gars, vous avez vu ça ? L'école organise une maison hantée pour Halloween cette année, s'est exclamé Alex en rejoignant les autres à la table de la cantine.

— Vraiment ? Quelle nullité, s'est plaint Blake.

— Je ne sais pas. Ça a l'air cool. Ils vont décorer toute l'école comme une maison hantée. Chaque salle de classe aura une attraction effrayante différente, et ensuite il y aura une soirée dansante avec un buffet, a gazouillé Drew, arrachant le prospectus des mains d'Alex.

Blake a haussé les épaules, offrant à contrecœur un sourire de défaite.

— Je suppose que ça pourrait être amusant.

— Regarde, c'est une soirée costumée ! s'est réjoui Avery.

Le groupe d'amis adorait les soirées costumées. Étant parmi les élèves les plus compétitifs de l'école, ils s'efforçaient toujours d'avoir les costumes les plus beaux et les plus créatifs, que ce soit lors des fêtes scolaires ou des défilés costumés.

— D'accord, maintenant je suis intéressé. Qu'est-ce que tout le monde va porter ? a ajouté Blake.

Les discussions ont commencé. Ils ont évoqué les choix évidents - clown tueur, zombie, vampire, sorcière. Puis la conversation s'est tournée vers les personnages de cinéma et les pionniers de l'histoire. Chaque élève avait une personnalité amusante et dynamique. Ils pensaient toujours au bien de l'humanité et à comment ils pourraient changer et sauver le monde. Ils voulaient que leurs costumes fassent une déclaration et soient remarqués. Ils voulaient que leurs idées soient exposées pour convaincre les gens qu'ils étaient bons et pour en apprendre davantage sur leurs sujets.

— Je ne ferais rien de politique, a dit leur professeur, lançant un regard appuyé à Avery. J'entends dire qu'il y aura un prix pour les meilleurs costumes. Les catégories correspondent au thème général, qui est évidemment Halloween. Meilleur Costume Effrayant, Élève le Plus Méconnaissable, et le Plus Imaginatif, a continué M. Flanigan. Ils ont continué à lancer des idées de costumes.

M. Flanigan était le professeur préféré de tout le monde. Il était ce qu'ils considéraient tous comme « cool ». Il était toujours au courant des dernières tendances des réseaux sociaux, des films et de la musique, et informait les élèves des choses qu'il pensait leur être bénéfiques - dans ce cas, le Défilé de Costumes.

— D'accord, a interrompu Alex. Alors on ferait mieux de se creuser les méninges. Ce serait vraiment génial si on faisait tous des costumes liés et qu'on gagnait tous un prix, vous ne pensez pas ? a demandé Alex.

— Eh bien, il y a quatre catégories et vous êtes cinq, a ajouté M. Flanigan en mettant un M&M's rouge dans sa bouche.

Les élèves l'ont regardé, confus, comptant leur groupe avant de se retourner vers lui.

— Monsieur, nous sommes quatre, a ricané Avery.

— Non, un nouvel élève vient de s'installer en ville. Un personnage un peu étrange, mais je pense qu'il s'intégrera parfaitement à ce groupe. Vous avez toujours été si accueillants par le passé, a souri M. Flanigan.

— Bien sûr, monsieur. Quand commence-t-il ? a demandé Blake.

— C'est déjà fait ; je vais l'informer tout de suite. Je savais que je pouvais compter sur vous tous.

M. Flanigan s'est déplacé de table en table, vérifiant ses élèves tout en mangeant son déjeuner. Après avoir ri de leur professeur préféré et de comment ils le trouvaient « cool », c'était hilarant de voir combien d'efforts il mettait pour être accepté par les élèves ; la conversation est revenue à la planification des costumes.

La maison hantée était tout ce dont les élèves parlaient à la cafétéria. Les spéculations allaient bon train sur quel professeur offrirait la salle la plus effrayante et quelles salles de professeurs ils allaient éviter. La célébration d'Halloween s'était rapidement transformée en l'événement de l'année et avait clairement eu l'effet désiré de remonter le moral de tout le monde.

— Soyons honnêtes. Mme Luna n'est pas la plus imaginative. Donc, je ne pense pas que sa salle sera très amusante, a ri Avery.

Mme Luna était la professeure d'économie domestique, et certaines de ses recettes pour ce qu'elle considérait comme des cours « amusants » étaient toujours discutables. Elle avait une fois demandé aux élèves de réaliser une recette qu'elle avait trouvée dans un livre acheté dans une friperie. Elle pensait que la recette était un mélange parfait de tendances modernes et d'histoire, de nouveau et d'ancien. Le plat choisi datait de 1947 et s'appelait Crème Glacée à l'Avocat. À la surprise générale, c'était en fait mangeable. Ce n'était pas le cas pour la Casserole du Pauvre qu'ils avaient essayée, cependant.

— Je pense que la salle de M. Smith sera la meilleure. Il fait des farces à sa classe chaque Halloween, et nous savons tous qu'il adore les films d'horreur, a dit Alex avec enthousiasme. Pour le 1er avril, il fait des blagues aux professeurs ! Il est toujours partant pour rire.

Drew a ri doucement.

— Je ne sais pas. Je pense que ça pourrait être trop effrayant pour moi. Vous vous souvenez de l'histoire qu'il a racontée à la classe l'année dernière sur l'asile hanté ? J'ai eu des cauchemars pendant des semaines à propos des camisoles de force, a dit Drew en frissonnant comme pour chasser ce souvenir. Je pense que j'éviterai sa salle. Il pousse le concept d'effrayer à un niveau que je n'apprécie pas.

— Oh, allez, ne sois pas comme ça, a taquiné Blake, souriant et faisant des oreilles pointues de félin.

— Je préfère être un froussard que de passer des semaines sans dormir, a ajouté une voix derrière eux.

Le groupe s'est retourné pour voir M. Flanigan souriant avec le nouvel élève et membre de leur groupe à ses côtés.

— Voici le nouvel élève dont je vous parlais, a souri M. Flanigan, Charlie.

— Salut Charlie, viens t'asseoir avec nous. Nous parlons de la maison hantée d'Halloween la semaine prochaine. Ça devrait être amusant. Tu es branché costumes ? a demandé Blake précipitamment.

— Si je le suis ? Je vais au Comic Con en cosplay complet chaque année. J'ai reçu plein de rubans pour mes costumes, a rayonné Charlie, rejoignant le groupe à la table.

— Alors bienvenue au club, a dit Drew, en tapant dans le dos de Charlie. C'est quoi le cosplay ? a murmuré quelqu'un. Charlie a entendu cela et a expliqué les costumes précédemment portés à l'événement.

M. Flanigan avait raison. Charlie s'est parfaitement intégré au groupe. La conversation a coulé facilement, et le groupe a rapidement expliqué à Charlie le fonctionnement de l'école, en particulier leurs professeurs préférés, et quels élèves éviter.

— Wow, vous êtes géniaux. Je n'ai jamais eu un accueil comme celui-ci avant, a dit Charlie, rayonnant de gratitude et d'appréciation.

— Tu déménages souvent ? a demandé Alex.

— Je suis un gosse de militaire. Mais c'est notre dernier déménagement. Ils ont officiellement libéré mon père, a répondu Charlie.

— Bienvenue à Riverside High, a rayonné Drew.

## 32

Halloween ne pouvait pas arriver assez vite. La semaine précédant Halloween semblait s'éterniser dans l'attente. Pendant toute la semaine, les professeurs avaient laissé entendre à quoi ressembleraient leurs salles et lesquels, selon eux, offriraient l'expérience la moins effrayante. Mais une chose était sûre. Fidèle à sa réputation, la salle de musique de M. Smith s'annonçait comme la plus terrifiante. Il avait même fait jouer à ses élèves quelques morceaux d'Halloween avec leurs instruments en prévision de l'événement à venir.

Finalement, le grand jour arriva. Pendant que les enseignants et les parents préparaient l'école, les élèves participaient à une épreuve de cross-country en plein air organisée par le département d'éducation physique. Le premier indice que quelque chose se tramait à l'intérieur apparut pendant qu'ils déjeunaient dans les gradins. C'était une énorme bannière qui disait : « LA HANTISE COMMENCE AU CRÉPUSCULE ». Il était évident que le crépuscule arriverait plus tôt que d'habitude puisque toutes les fenêtres avaient été occultées. En réalité, les élèves devaient se changer en costumes après le déjeuner et se diriger vers le gymnase, qui serait décoré en dernier pendant que les élèves visitaient les salles de classe hantées.

Alex fut le premier à arriver au gymnase. En attendant que le reste du groupe arrive, Alex observa les autres élèves qui entraient au compte-gouttes. Le mélange de costumes était incroyable. L'effort que les élèves avaient fourni était stupéfiant : il y avait des pirates crasseux avec des dents en bois ; des loups-garous particulièrement poilus au niveau de la nuque et des oreilles ; des stars de cinéma jeunes et vieilles, beaucoup portant des lunettes de soleil ; des stars de la pop primées aux Grammy avec du maquillage rosé ; des zombies Walker couverts de sang ; divers spectres dégoulinant de fausse peau flasque ; des diables et des anges — l'un brandissant une épée en carton peinte avec des flammes — et même une sirène ou deux avaient fait leur entrée dans l'école — l'une portant un bocal à poissons rempli de perles bleues en plastique et de faux poissons, l'autre avec une queue en guise de jambes.

— Alex ? fit la voix de Drew.

— Drew ? Wow, tu es incroyable ! s'exclama Alex.

— Ton costume est plutôt cool aussi. Tu as piqué dans le maquillage de théâtre de ta sœur ? rit Drew. Le visage de Drew était couvert de stries noires ressemblant à des moustaches et portait une courte coupe de cheveux teints en noir. Drew rit, visiblement impressionné.

— Qui d'autre pouvais-je incarner, Frankenstein ? gloussa Alex.

— J'allais me déguiser en sorcier, mais j'ai pensé que c'était trop générique, dit Drew.

— Un dresseur de dragons est un choix assez impressionnant. J'ai vu beaucoup de sorcières et de magiciens passer. Pas encore de dresseurs de dragons. Belle armure, acquiesça Alex.

— Elle bouge aussi, regarde.

Une énorme marionnette de dragon vert animée s'enroulait autour de l'épaule de l'armure et descendait en spirale autour de la cuirasse. Les commandes de la marionnette se dissimulaient parfaitement dans le cou, permettant le mouvement, et des grognements réalistes de dragon se produisaient par simple pression d'un bouton.

— Trop cool, s'émerveilla Alex.

— Ce n'est même pas la meilleure partie, enchaîna Drew avec empressement.

En appuyant sur un autre bouton depuis l'intérieur de la tête de la marionnette, un souffle d'air jaillit de la gueule de la marionnette, projetant une vague de rubans rouges, oranges et jaunes pour simuler le feu du souffle du dragon.

— Quelqu'un veut vraiment gagner un prix ce soir, intervint la voix de Blake alors que la mer d'élèves s'écartait pour laisser passer ce Black Panther.

— Qui ne voudrait pas gagner ça, hein ? sourit Drew.

— Que pensez-vous de mon costume ? demanda Blake.

Blake fit un tour sur soi pour montrer l'intégralité du costume, qui avait pris des jours à fabriquer. Des lumières soulignaient les détails de la combinaison de super-héros, et d'un simple appui sur un bouton, le masque de Black Panther se referma sur tout le visage avec des yeux violets lumineux.

— Wow, quelqu'un a dévalisé l'atelier de papa, rit Drew.

— Quand aurais-je une autre occasion d'être un super-héros ? Mon père est ingénieur, comme Iron Man, rit Blake, levant les bras en T et fléchissant les biceps.

Avery fut le prochain à arriver dans un costume de vampire extravagant et d'apparence coûteuse digne de Broadway. La cape en velours noir et rouge bordée de dorures étincelait sous les lumières du plafond. Les crocs de vampire s'adaptaient parfaitement à sa bouche, très naturellement, et les lentilles rouges offraient un regard perçant.

— Je suis désolé de te décevoir, Avery, mais tu n'es pas le seul vampire ici ce soir, dit Alex, pointant vers un groupe qui entrait dans le gymnase. Ils paradaient comme une troupe de danse dans America's Got Talent.

La plupart des autres costumes n'étaient pas aussi imaginatifs que celui d'Avery ; leur maquillage se limitait à un fond de teint blanc basique, un eye-liner foncé et du faux sang dégoulinant des lèvres.

— Je ne suis pas seulement un vampire. Je suis le Seigneur des Vampires, le Comte Vlad Dracula. Voyons si l'un de leurs costumes peut battre le mien ! déclara Avery avec l'accent transylvanien le plus épais qu'il pouvait produire, faisant rire le groupe d'émerveillement. Les *oooh* et *aaah* étaient très prononcés.

— Wow, les gars, vous avez l'air incroyables ! acclama Charlie, arrivant en dernier.

— Cool, ton costume de squelette, dit Avery.

Charlie portait une combinaison noire moulante décorée d'un squelette phosphorescent. Les détails étaient incroyables, bien plus réalistes que tout ce que le groupe avait vu auparavant. Charlie appuya sur un bouton et, dans la cavité thoracique, un cœur humain réaliste s'illumina et pulsa de rouge. Un battement de cœur lent émanait du téléphone dans la poche de la combinaison.

— C'est génial, et le maquillage du visage est parfait, s'émerveilla Blake.

— Merci. Mon cousin est maquilleur professionnel. On vient de faire une séance express dans sa voiture. Normalement, ça prend des heures, mais on a été créatifs. Ça ne tiendra peut-être pas aussi long-temps que d'habitude, expliqua Charlie.

— Je comprends pourquoi tu as gagné des rubans à la Comic-Con, admira Alex.

— D'accord, on a tous l'air fantastique. On peut y aller mainte-nant ? dit Drew, sautillant d'excitation.

Comme sur un signal, le directeur de l'école fit une annonce qui fut rapidement suivie par une bande sonore diffusée par le système de haut-parleurs de l'école. Le « Monster Mash » commença à jouer. Quelle que soit la chanson, le groupe était excité. La maison hantée promettait d'être géniale, et géniale signifiait effrayante. Les attentes étaient élevées.

Des tentures rouges pendaient du plafond, donnant aux dures lumières du couloir une teinte rougeâtre macabre. Dans certains corridors, les lumières étaient éteintes, remplacées par des spots vacillants dirigés vers des empreintes de mains sanglantes le long des murs et des messages sinistres comme « FUYEZ », « PARTEZ » et « CONTINUEZ À VOS RISQUES ET PÉRILS ».

Un groupe de filles déguisées en pom-pom girls zombies sortit en hurlant de la salle de M. Smith, l'une d'elles en larmes. Leurs pompons rouge sang tremblaient alors qu'elles disparaissaient au bout du couloir et au détour d'un coin.

— Je vous avais dit que M. Smith était dévoué. Essayons sa classe en premier, dit Avery, prenant la tête du groupe.

Le groupe entra dans le labyrinthe d'étagères en bois branlantes qui créait un petit dédale dans la pièce. Chaque étagère contenait des bocaux remplis des choses les plus étranges — de petites excroissances noueuses, des globes oculaires, des dents et des moisissures tordues. La lumière brillait à travers les yeux des citrouilles sculptées, indiquant le chemin. Les yeux des citrouilles scintillaient grâce aux bougies allumées à l'intérieur de leurs têtes.

Dans une section, le plafond était couvert de têtes pendantes de diverses formes et tailles. Ce n'étaient pas les crânes en plastique qu'on trouve dans les magasins à un euro. Non, elles étaient faites de toile de jute et de paille, comme des têtes d'épouvantails. Les têtes coupées arboraient des expressions choquées, rendues plus macabres par leurs yeux cousus de boutons. Une main agrippait leurs cheveux qui étaient attachés au plafond. Les autres têtes avaient des expressions bouffies, et M. Smith avait ajouté de minuscules mains agrippant la corde autour de leur cou.

En continuant à travers le labyrinthe, les élèves découvrirent des images effrayantes de clowns qui leur souriaient. Et un corps humain entièrement formé en papier mâché gisait sur une table, trempé de sirop de maïs rouge et de maquillage violet simulant des contusions. Une musique d'ambiance jouait dans la pièce ; on aurait dit que les planches du sol craquaient à chaque pas, comme si quelqu'un les suivait à travers le labyrinthe. Le bruit de pas et de pieds qui traînent s'approchait et s'éloignait. Les haut-parleurs étaient positionnés de sorte que les élèves les entendaient souvent dans leur dos.

— Ce n'est pas si terrible, dit Drew. Ils repérèrent un petit haut-parleur derrière l'une des plus grosses têtes attachée à un bureau d'école.

Comme attendant un signal, le tonnerre éclata dans la pièce avec un flash de lumière, faisant crier et sursauter le groupe. Arrivant finalement au centre de la pièce, les enfants aperçurent M. Smith : Il était allongé sur le dos, enchaîné à une table, ses vêtements imbibés de sang et ressemblant au grand méchant des épouvantails. Tous ses vêtements étaient coupés dans de la toile de jute grossière et cousus ensemble avec d'épaisses veines de fil noir ; de nombreuses coutures étaient effilochées et intentionnellement laissées ouvertes. De ces trous suintaient des morceaux de sang comme si elles pompaient des plaies ouvertes sous le costume. Un concierge déguisé en clown se tenait à côté de lui, menaçant. Le groupe ne reconnut pas le concierge comme étant de leur école ; soit c'était un parfait inconnu, soit son maquillage et son large sourire maniaque étaient trop viscéraux pour permettre une identification. Le clown avait des crocs, et une hache ensanglantée était serrée dans sa main droite. D'un coup de hache, le clown sembla couper en deux tout le corps de M. Smith. Les morceaux de sang explosèrent des trous dans la toile de jute, et ses jambes avaient été séparées de son torse. Mais le professeur se redressa d'un coup de la table, son torse soudainement intact, avec une énorme entaille ; il poussa un cri déchirant et cracha du faux sang sur le sol. Ses bras se précipitèrent vers eux comme un ogre cherchant à saisir un repas humain.

— Vous êtes les prochains ! grogna le clown, se tournant et pointant la hache directement vers eux.

— Lève-toi, mon sbire ! Prends ton prochain repas ! ordonna le clown. Son sourire se transforma rapidement en un froncement de sourcils aux yeux écarquillés, ses lèvres formant une grimace macabre et démente.

M. Smith s'était investi dans sa performance. Les jambes qui s'agitaient sur la table pendant que le clown abattait sa hache — même quand elles n'étaient manifestement pas les siennes — offraient la distraction parfaite et le réalisme nécessaire pour que le torse de M. Smith se tourne vers les élèves et fasse semblant de les poursuivre.

— Il ne va pas vraiment nous poursuivre, se plaignit Blake.

Parlant trop vite, un groupe d'amis acteurs du professeur défonça les bibliothèques et les étagères. C'étaient des cauchemars vivants : une furie de sang, de crocs et de griffes acérées, brandissant des poignards ornés et des faucilles, une grande faux se dressant au centre de l'essaim. Ils gémissaient et grognaient en approchant, agrippant les élèves et les faisant lutter pour s'échapper du labyrinthe de la salle.

— C'était... quelque chose, haleta Charlie alors qu'ils remontaient le couloir en courant pour s'échapper.

— M. Smith ne déçoit jamais, rit Alex, se sentant mal à l'aise, la chair de poule se formant.

Les autres salles n'étaient pas aussi impressionnantes que celle du professeur de musique. Si certaines offraient une petite frayeur, d'autres étaient simplement ennuyeuses. Cependant, il ne fallut pas longtemps pour que le groupe d'amis devienne frustré et agacé.

— Je n'ai pas fait autant d'efforts pour mon costume pour ça, n'est-ce pas ? gémit Blake.

— La danse promet d'être assez bonne, informa Drew.

— Ouais, mais elle ne doit pas commencer avant des heures, dit Charlie.

— On est venus ici pour avoir peur. Et si on se glissait dans la cafétéria, qu'on prenait quelques en-cas du buffet, et qu'on racontait des histoires de fantômes dans les bois derrière l'école ? proposa Avery.

Avec enthousiasme, le groupe accepta, prenant ce qu'ils pouvaient avant d'être presque pris par quelques-uns des élèves plus âgés. Ils s'enfuirent dans la nuit, vers l'obscurité derrière l'école.

## 33

LE GROUPE s'aventura profondément dans les bois derrière l'école, les bras chargés de sodas, de chips, de sachets de bonbons et de sandwichs. Blake avait eu l'excellente idée de chiper quelques lampes torches pour éclairer le chemin. Et le groupe riait de voir comment, une fois les lumières éteintes, tout ce qu'ils pouvaient distinguer était le squelette fluorescent sur le costume de Charlie. Le squelette dansait un peu pendant que le groupe riait, se transformant en une étrange mort radioactive, projetant des ombres sur les troncs d'arbres.

Finalement, trouvant une clairière, ils s'installèrent pour leur pique-nique, entendant occasionnellement les cris d'autres élèves visitant la salle de M. Smith. Dehors, près de sa fenêtre, quelques nœuds coulants pendaient dans la brise, juste hors de portée.

Ils trouvèrent tous que c'était une belle touche — inutile, mais astucieuse. Le professeur était un pro, la plupart en convenaient.

L'un d'eux semblait cependant moins admiratif. Alex dit : — Je m'attendais à plus de cette maison hantée avec toutes les rumeurs de la semaine dernière. Alex dévorait un autre sandwich au cheddar avec un peu de mayo. Ils en avaient six enveloppés dans du cellophane. Charlie en jonglait avec deux, souriant.

— Eh bien, au moins on a eu une petite frayeur, et maintenant on peut s'amuser à notre façon, dit Avery de la voix la plus effrayante possible, ressemblant à une créature rauque dans l'obscurité. Ils dirigèrent leur lampe sous leur menton et tordirent leur bouche de façon grotesque, les yeux grands ouverts. Leur expression semblait à la fois bouffie et émaciée à différents endroits.

— Arrête, tu sais que je m'effraie facilement, gémit Drew, repoussant d'une main le visage éclairé d'Avery.

Le groupe éclata de rire. Drew s'effrayait facilement mais insistait toujours pour être présent chaque fois que le groupe organisait une frayeur d'Halloween ou un marathon de films d'horreur. C'était une tradition pour eux.

— J'ai une histoire à raconter, commença Alex.

Alex raconta l'histoire d'un monstre aux crocs acérés qui pourchassait les enfants pas sages. Apparemment, la bête obtenait sa liste de noms auprès du Père Noël, sur sa liste des vilains. Juste avant Halloween, elle traquait les proies les plus indisciplinées qu'elle pouvait trouver.

— Ce n'est pas effrayant, grogna Blake.

— Mais attends, tu n'as pas entendu la fin. Puis, à la veille de la Toussaint, le monstre irait de maison en maison pour se cacher sous les lits de ses victimes. Griffant, tapotant pour susciter la curiosité des enfants. La plupart des enfants se cacheraient sous leurs couvertures, mais finalement, ils devraient poser leurs pieds au sol, et alors...

Alex saisit les épaules d'Avery alors que l'histoire se terminait. — Il te tirerait en dessous avec lui ! ... La dernière chose que tu verrais serait des yeux rouges dans l'obscurité... La dernière chose que tu entendrais serait le bruit de tes os qui se brisent ! Alex transpirait en criant.

— Tu as des problèmes, grogna Avery.

— Des monstres sous le lit ? Vraiment ? Mec, écoute plutôt celle-ci, commença Blake.

Blake répéta une histoire que M. Smith avait racontée l'année précédente au sujet d'une fille dans un asile, accusée de sorcellerie. Elle avait clamé son innocence, mais la ville refusait de la croire. — ...Finalement, après avoir été torturée pour avouer son secret sur son lit de mort, la fille jura de hanter ceux qui lui avaient fait du mal. Et quand ils eurent cédé à sa magie, elle répandit à nouveau la folie sur les familles qu'ils avaient élevées. Ils devaient tous payer. Elle avait parlé de cela plusieurs fois, depuis la première fois qu'ils l'avaient mise dans une camisole de force blanche et jetée dans une petite pièce froide capitonnée pour être observée...

— Pourquoi ? Pourquoi raconter cette histoire ? Tu sais qu'elle m'a donné des cauchemars. Tu viens de perdre des points d'amitié, se plaignit Drew.

Le groupe rit à nouveau avant qu'Avery ne raconte l'histoire d'une fille piégée dans un miroir, cherchant une âme avec qui échanger de place. Malgré tous les efforts du groupe, rien ne semblait effrayer Charlie. Drew tenta de raconter l'histoire d'une maison hantée où personne ne voulait vivre parce qu'elle consommait ses résidents comme de la nourriture, mais l'histoire ne fit peur qu'au narrateur.

— Tu n'as pas peur facilement, n'est-ce pas, Charlie ? demanda Blake, en saisissant une canette de soda.

— Non. Quand tu as voyagé comme moi, tu entends toutes sortes d'histoires effrayantes. Après ça, il en faut beaucoup, haussa les épaules Charlie. Où avaient-ils voyagé ? Que savaient-ils vraiment ?

— Vas-y alors, si tu penses pouvoir faire mieux. Fais-nous peur, insista Avery.

— D'accord, mais vous feriez mieux d'être préparés parce que ce qui rend cette histoire si effrayante, c'est... qu'elle est vraie. Charlie commença à s'installer confortablement.

— Une histoire vraie ? Est-ce que je veux l'entendre ? demanda Drew, soudain tendu.

— Vous tous, oui. Plantons le décor : c'est Noël 1999 à Brooklyn, New York. Lauren est une femme vivant près de Prospect Park, un beau quartier. Elle prend un train et fouille les magasins de jouets de Manhattan à la recherche du jouet incontournable de l'année, une énorme peluche Mega Force. Toutes les autres filles voulaient des Barbie ou des Tamagotchi — ces animaux de compagnie électroniques en porte-clés, vous voyez ? — Mais pas Lauren ; elle ne voulait rien avoir à faire avec ces filles fan de Tickle Me Elmo. Le groupe se souvenait vaguement de ces jouets. Le frère aîné de Blake possédait un Tamagotchi de cette époque, l'avait à peine utilisé et disait que la pile était morte. Deux d'entre eux étaient des fans des jeux Mega Force, dans une certaine mesure. Ils hochèrent la tête, mais avec hésitation comme s'ils n'étaient pas vraiment initiés.

— Oh mon Dieu, tu te souviens de la peluche Mega Force ? J'en voulais tellement une, mais elle était épuisée partout, rit Blake.

Charlie fit une pause pour l'effet dramatique, croisant le regard de chacun d'entre eux. — Eh bien, tu seras content de ne pas avoir reçu ce jouet sous ton sapin cette année-là quand je t'aurai raconté son histoire.

# 34

---

Pendant des années, les enfants du monde entier avaient adoré une série animée appelée La Police Mega Force. La série mettait en scène un groupe venu des quatre coins du globe, chacun doté de pouvoirs spéciaux, réunis pour créer la Police Mega Force. Ensemble, ils utilisaient leurs pouvoirs pour combattre le crime et sauver le monde et l'univers de méchants possédant des capacités similaires et de forces extraterrestres.

— Comme les Power Rangers... ? chuchota Avery.

— Chut ! répondit le groupe.

La Police Mega Force voyageait autour du monde et embrassait les cultures et coutumes propres à chaque région. Par conséquent, l'audience que la série atteignait était immense. Le studio n'avait pas prévu que leur petit dessin animé toucherait un public aussi large, et il n'a pas fallu longtemps avant que la série ne s'étende à une bande dessinée, une série de livres et des jouets. Pourtant, les fans en réclamaient encore plus.

— Maman ! Maman ! Regarde ! La Police Mega Force va faire un film en prise de vue réelle ! Je peux aller le voir ? Je peux ? insista Charlie.

— Si tu fais tous tes devoirs, manges tous tes légumes et fais tes corvées, je t'emmènerai ce week-end, sourit la mère de Charlie.

— Merci, maman, tu es la meilleure, rayonna Charlie, serrant Lauren étroitement dans ses bras.

Le film fut un immense succès, battant des records au box-office et lançant la carrière de plusieurs acteurs. Avec Noël qui approchait, il était tout naturel que la figurine d'action Mega Force soit commercialisée. Mega Force était un personnage milliardaire qui avait développé ses pouvoirs après une expérience de mort imminente, décidant de profiter de cette seconde chance pour faire le bien. Il avait cherché le reste de son équipe, choisissant les huit meilleurs super-héros pour la mission. Mega Force était gentil et charmant, et incarnait tout ce qu'un enfant voulait être. Il était logique que parmi les huit personnages, bien que tous aient une base de fans fantastique, Mega Force soit le jouet le plus convoité sur toutes les listes de Noël.

— Maman ! Est-ce que je peux avoir un Mega Force pour Noël ? demanda Charlie pendant le petit-déjeuner.

— Si tu es sur la liste des enfants sages du Père Noël, bien sûr, sourit le père de Charlie derrière son journal.

— DANIEL, nous avons un problème, s'inquiéta Lauren.

— Qu'est-ce qui ne va pas ? demanda Daniel.

— J'ai cherché partout en ligne, et Mega Force est épuisé.

— Tu plaisantes ? Charlie sera anéanti.

— Je sais. Quand je terminerai mon travail demain, j'irai dans les magasins. J'espère juste en trouver un.

Le lendemain, après avoir terminé son service au magasin de chaussures, Lauren prit le train et courut de magasin en magasin. Elle demanda à tant de vendeurs s'ils avaient la figurine d'action que tous leurs visages semblaient se confondre en un seul. Épuisé. Elle se renseigna sur la possibilité de précommander le prochain arrivage et d'en réserver un dans un autre magasin, mais chaque réponse était la même.

— Vous plaisantez, madame ? C'est le jouet incontournable de la saison. Je travaille ici, et même moi, je ne peux pas en réserver un.

Presque défaite, Lauren courut jusqu'au dernier magasin de jouets qu'elle put trouver avant qu'ils ne ferment. Une grande flèche rouge incrustée d'ampoules multicolores clignotait – la gamme de jouets Police Mega Force se trouvait au deuxième étage. Malheureusement, la file d'attente pour l'ascenseur était beaucoup trop longue.

Décidant de ne pas attendre, Lauren se précipita dans trois volées d'escaliers jusqu'au rayon Police Mega Force. Chaque personnage avait sa propre section. L'étage entier avait été consacré uniquement à cette gamme de jouets. Tsunami, Hitman, Fire King, Wolf, Zara, Professeur Dino St. Clair et Mega Force. Fonçant en avant, Lauren fouilla parmi les peluches, les bacs de bus Mega Police, les pistolets à eau en forme d'armes Mega Force, les costumes, les pyjamas et les accessoires de chambre. Il y avait une ligne de vêtements Police Mega Force, de fournitures scolaires, de matériel éducatif et bien plus encore. Une chose manquait : la légendaire figurine d'action Mega Force.

C'est alors qu'elle la vit. Dans un bac de soldes, placée là par erreur et dépassant à moitié, se trouvait le seul Mega Force restant dans le magasin. Lauren courut vers lui comme si sa vie en dépendait. Poussant les clients, s'excusant de les bousculer, elle arriva près du bac d'un pas contrôlé... Mais un jeune garçon l'attrapa en premier et courut vers sa mère. Le cœur de Lauren se serra, et le monde sembla tourner au ralenti alors qu'elle regardait le bonheur de son enfant marcher vers la caisse et sortir par la porte.

— Bonjour, madame, comment puis-je vous aider ? demanda la vendeuse inquiète lorsqu'elle vit la tristesse sur le visage de Lauren.

— Oui, s'il vous plaît. J'espère vraiment que vous pourrez m'aider. C'était le dernier jouet Mega Force ?

— Honnêtement, je ne savais même pas qu'il nous en restait un. Désolée, nous sommes en rupture de stock.

— Quand pensez-vous recevoir un autre envoi ?

— Pas avant Noël. Très probablement au Nouvel An, à temps pour les soldes de janvier.

— Oh non. J'ai cherché partout. Charlie sera tellement déçu, soupira Lauren.

— Je pense qu'il y a un vieux magasin de jouets sur la cinquième avenue qui pourrait en avoir un. Ils se spécialisent généralement dans les jouets vintage, mais ça vaut toujours la peine d'essayer, sourit l'assistante.

— Merci, vous êtes un ange. Je suis prête à tout essayer à ce stade, sourit Lauren avant de se précipiter dehors et de faire le tour du pâté de maisons.

Regardant sa montre, Lauren avait quinze minutes avant que tous les magasins ne ferment. Elle se faufila à travers la circulation, traversant sans feux et se précipitant dans des ruelles, arrivant juste à temps. Debout devant le magasin appelé L'Emporium du Jouet Vintage, Lauren se sentait vaincue. Dans la vitrine du magasin se trouvaient des jouets des années vingt et au-delà. Le magasin semblait spécialisé pour des collectionneurs et une clientèle spécifiques, un magasin de niche, mais Lauren devait essayer.

Une cloche sonna lorsque Lauren poussa la porte. Le magasin était vieux et poussiéreux et sentait la moisissure, le renfermé et les siècles passés. Plissant le nez et serrant son sac contre sa poitrine, elle veillait à ne pas toucher les jouets à l'aspect inquiétant. Des yeux la suivaient alors qu'elle traversait le magasin. Partout où elle regardait, elle ne pouvait échapper aux yeux du passé qui la brûlaient. Elle ne reconnaissait même pas un seul des jouets en passant devant leurs formes menaçantes sur les étagères. Elle se fraya un chemin à travers ce chaos jusqu'au bureau au fond du magasin. Il faisait sombre là-bas. Des ombres se projetaient sur les surfaces alors qu'une bougie vacillait dans un coin.

Un gentil vieil homme était assis au bureau, avec des cheveux blancs et une chemise verte recouverte d'un gilet en laine usé. Ses lunettes en demi-lune reposaient au bout d'un long nez arqué. Lauren pensa qu'il était peut-être japonais.

— Bonsoir, mademoiselle. Comment puis-je vous aider ?

— Je ne pense pas que vous le puissiez, j'en ai peur, dit Lauren, regardant autour d'elle à la recherche de quelque chose qui ressemblait à Mega Man.

— Je vais essayer. Que cherchez-vous ? demanda le propriétaire du magasin.

— Vous n'auriez pas par hasard un jouet Mega Force, n'est-ce pas ?

La surprise se répandit sur son visage avant que ses yeux ne s'illuminent. Il sourit. Les inquiétudes de Lauren se dissipèrent de façon inattendue, un poids tomba de ses épaules. Elle se redressa alors qu'il commençait, pleine d'anticipation.

— Vous savez, ce n'est normalement pas quelque chose que je stockerais, mais l'un d'eux s'est mélangé à ma dernière livraison. J'allais m'en débarrasser, mais tenez, il est à vous. Joyeux Noël, dit le propriétaire, sortant le jouet tant convoité de sous le comptoir.

— Oh mon Dieu, je ne peux pas vous dire à quel point vous me rendez heureuse. Mon Charlie sera tellement content. Combien ?

— Il est à vous. Votre joie est un paiement suffisant, dit-il, abaissant ses lunettes pour la regarder.

— JE SUIS PERDU, dit Alex.

— Exactement. Quand on pense aux poupées effrayantes, on imaginerait que cette histoire parlerait d'une de ces poupées vintage en porcelaine de cette même boutique. Mais on se tromperait, sourit Charlie d'un air narquois.

— Es-tu le Charlie de l'histoire ? demanda Drew, s'accrochant à la tête de dragon de son costume comme à un doudou.

Charlie fit une pause avant de sourire doucement. — Pure coïncidence.

— Alors, est-ce que Charlie a eu le jouet à Noël ? demanda Blake, ouvrant un autre paquet de chips.

— Bien sûr. Lauren l'a obtenu, fit remarquer Avery.

— Quoi qu'il en soit. Comme je le disais, quand vous pensez aux poupées hantées, vous pensez à la porcelaine, et très probablement, vous n'en avez pas une qui traîne chez vous. Plus personne n'en a de nos jours. Mais ne vous sentez pas trop à l'aise avec n'importe quel vieux jouet, poursuivit Charlie.

# 35

2011

— Mega Force Police à la rescousse ! s'écria Mega Force quand Charlie appuya sur le bouton à l'arrière de son cou.

— Je peux jouer ? gazouilla Cameron, qui venait d'avoir cinq ans trois jours plus tôt.

— Bien sûr, va chercher ta figurine de l'Homme-loup. Comme ça, on pourra jouer ensemble à Mega Force Police, dit Charlie en ramassant les jouets.

Les deux enfants jouèrent avec Mega Force et l'Homme-loup pendant des heures. Lauren et Daniel étaient ravis que leurs enfants aiment tant ces jouets.

Durant les mois qui suivirent, tout ce qu'ils entendaient dans la maison, c'étaient les phrases clés de l'Homme-loup et de Mega Force.

— Je vais t'attraper et te livrer à la justice !

— Personne ne peut échapper à Mega Force !

— Pan !

— Boum !

— Je parie que tu ne l'as pas vu venir, celle-là ?

— Pouvoirs de Mega Force activés !

Après quelques mois, Cameron perdit intérêt pour l'Homme-loup, mais Charlie était toujours aux anges avec Mega Force. Charlie emportait le jouet partout, à l'école, au parc, et même une fois au zoo. Et chaque nuit, il dormait avec Mega Force à ses côtés. Finalement, Lauren lui expliqua que Mega Force était probablement mieux laissé en dehors de la baignoire, ce qui faisait de la salle de bain le seul endroit où Charlie s'en séparait. Ils étaient devenus inséparables.

— Je ne pense pas avoir jamais vu Charlie aussi captivé par quoi que ce soit auparavant, surtout pas par un jouet, dit Lauren à son mari un soir pendant le dîner.

— Je crois que tu as raison. Je suis simplement content que Charlie s'amuse autant.

— Oui. Heureuse d'en avoir trouvé un.

ALEX, Blake, Drew et Avery se serraient tous ensemble, suspendus aux lèvres de Charlie. Charlie avait un don pour raconter des histoires.

— Ce n'est pas si effrayant. L'histoire de Drew était plus terrifiante, et on n'a même jamais entendu la fin, rit Alex en donnant un coup de coude à Drew.

— Je vous mets juste dans l'ambiance, sourit Charlie.

Le costume fou phosphorescent combiné aux lampes torches et au maquillage de Charlie donnait à son sourire un air maléfique. C'était l'astuce pour leur faire peur, car Drew déglutit de façon audible.

Charlie poursuivit : — Il aimait tellement ce jouet, jusqu'à l'année suivante, quand une nouvelle figurine incontournable est arrivée sur le marché. Charlie a relégué Mega Force au second plan, le laissant dans le coffre à jouets avec ses autres jouets abandonnés.

— Ooooh, le jouet est oublié et enfermé dans un coffre à jouets. Alors, que fait-il pour s'échapper et arracher la tête du nouveau jouet ? se moqua Blake.

— Ha ! Ce serait amusant, non ? Mais non, attendez juste. J'y arrive. Vous ne serez pas déçus.

Cameron et Charlie jouaient dans le salon devant la télé. Lauren préparait le dîner en fredonnant avec la radio pendant que Daniel lisait son journal dans le fauteuil en sirotant son café.

Cameron appuya sur le bouton de son nouveau camion jouet, et la pièce se remplit de sons de sirène.

— Véhicule en marche arrière ! Attention ! Véhicule en marche arrière !

— Ha ! Ça sonne si réel, s'exclama Daniel.

Soudain, Lauren éteignit la radio et sortit de la cuisine.

— Vous entendez ça ? demanda-t-elle.

— Entendre quoi ?

— Ça vient de la salle de jeux. Je l'ai entendu par-dessus la radio. Je n'arrive pas à croire que vous ne l'ayez pas entendu, dit Lauren, se grattant la tête avec confusion.

Les deux parents se turent et écoutèrent attentivement. Daniel coupa le son de la télé pour mieux entendre. Des sons étouffés venaient de l'autre pièce. Perplexes, Lauren et Daniel suivirent le son, et au fur et à mesure qu'ils s'approchaient, le bruit devenait plus fort.

— Ça vient du coffre à jouets, dit Lauren, ouvrant le couvercle.

Fouillant à travers les peluches, les cubes de construction, les Lego et d'innombrables figurines d'action, les doigts de Lauren s'approchèrent de la source du bruit. C'était Mega Force.

— Pouvoirs de Mega Force activés ! Je vais t'attraper et te livrer à la justice ! cria le jouet.

— Comme c'est étrange. Un des autres jouets a dû heurter le bouton, dit Daniel.

— Est-ce que j'ai entendu Mega Force ? Super ! s'écria Charlie, saisissant le jouet et retournant au salon.

Mais encore une fois, le jouet fut rapidement oublié et laissé avec les autres jouets abandonnés dans le coin. Charlie et Cameron jouèrent joyeusement pendant des heures avant que Lauren ne déclare qu'il était l'heure d'aller au lit. Pendant que ses enfants dormaient, Lauren rangea les jouets, remit Mega Force dans le coffre à jouets et organisa soigneusement les autres dans la salle de jeux. Elle épousseta les étagères et le coffre. Puis, satisfaite que sa maison ne soit plus dans le chaos, elle alla se coucher.

— Lauren ! Réveille-toi ! bâilla Daniel.

— Qu'est-ce qui ne va pas ? demanda Lauren d'une voix endormie en se forçant à se réveiller.

— Tu entends ça ?

Lauren écouta attentivement. Ses yeux s'écarquillèrent, et elle fixa son mari avec surprise.

— Va voir ! insista-t-elle, poussant pratiquement Daniel hors du lit.

Enroulant sa robe de chambre autour de lui, Daniel s'aventura au rez-de-chaussée jusqu'à la salle de jeux. À chaque pas, le bruit devenait plus fort. Daniel craignait le pire ; il entendait des murmures avec des accents. Y avait-il quelqu'un dans la maison ? Des bruits étranges pour lui venaient du coffre à jouets, étouffés. Nerveux mais aussi curieux, il ouvrit le coffre. Mega Force était assis sur tous les jouets, récitant des phrases d'accroche, mais quelque chose était différent. Il le ramassa.

— C'est encore ce stupide jouet ? demanda Lauren. Elle l'avait suivi.

— Lauren ! Bon sang, tu m'as fichu une de ces trouilles, haleta Daniel, laissant tomber le jouet.

— Qu'est-ce que cette chose vient de dire ? demanda Lauren.

— Je ne sais pas. On dirait de l'espagnol... attends, est-ce du grec ? Ses parents étaient grecs, bien qu'il ne parle pas couramment.

— Probablement une fonction cachée. Je pense que ce coffre à jouets devient trop plein. Il est peut-être temps d'organiser une vente de garage. Retournons nous coucher, bâilla Daniel, mettant Mega Force en position d'arrêt.

## 36

— Alors, le jouet s'est mis à parler plusieurs langues ? demanda Drew.

— Je me souviens de Mega Force, je croyais qu'ils ne pouvaient parler que deux langues, et qu'il fallait choisir la figurine qui parlait ta langue, dit Blake.

— Ouais, il y avait un interrupteur au bas du dos, et tu pouvais basculer entre l'espagnol et l'anglais, ajouta Avery.

— Vous allez me laisser raconter l'histoire ou quoi ? se plaignit Charlie, craignant qu'ils ne perdent l'aspect effrayant.

— Désolé, continue, dit Alex.

En hochant la tête, Charlie poursuivit : — Au fil des années, Mega Force changeait de langue et se mettait à parler aléatoirement sans qu'on appuie sur son bouton. Daniel a vérifié s'il n'y avait rien qui clochait avec l'interrupteur, mais les mécanismes fonctionnaient bien. Peut-être que l'électronique était défectueuse, mais le jouet continuait comme si de rien n'était. Lauren pensait que placer Mega Force sur une étagère à part aiderait. Pourtant, aux premières heures du matin, à des moments aléatoires durant la journée, ou pendant qu'ils dînaient, la famille entendait Mega Force parler.

— Est-ce qu'ils continuaient à mettre des piles neuves ? La plupart

de mes jouets s'épuisaient après quelques pressions, interrompit
Drew.

— C'est justement ça. Les piles n'avaient jamais été changées.
Lauren et Daniel espéraient que les paroles s'arrêteraient quand les
piles seraient mortes, mais non – Mega Force continuait, répondit
Charlie.

— Alors pourquoi ne l'éteignaient-ils pas après chaque jeu ?
demanda Blake.

— Ils le faisaient, et parfois Mega Force restait des mois sur l'étagère à prendre la poussière. C'est comme si la poupée réclamait qu'on
joue avec elle après de longues périodes de solitude. Elle hurlait pour
attirer l'attention de la seule façon qu'elle pouvait, répondit Charlie.

Drew semblait incrédule, mais toujours apeuré. — Je n'aime pas
la tournure que ça prend... alors continue, qu'est-ce qui s'est passé
ensuite ? demanda Drew.

*2012*

Mega Force devenait rapidement une nuisance, effrayant tellement Lauren qu'elle ne voulait plus entrer dans la salle de jeux.
Charlie insistait pour qu'on continue à jouer avec Mega Force
chaque fois que Daniel voulait le jeter. Finalement, Mega Force
cessa de parler. Soulagée, Lauren retrouva sa routine, ne souffrant
plus d'insomnies ni ne craignant certaines parties de sa propre
maison.

Un jour de printemps, alors qu'elle nettoyait la maison de fond en
comble, Lauren s'aventura dans la salle de jeux, accompagnée par les
mélodies de la radio dans le couloir. Fredonnant en rythme, Lauren
nettoya les fenêtres, passa la serpillière et aspira le tapis moelleux.
Puis, à genoux près du coffre à jouets, elle commença à y jeter des
jouets quand un son la figea sur place.

— Mega Force activée !

— Oh Seigneur, pas encore, chuchota Lauren, se tournant lentement pour regarder le jouet sur l'étagère derrière elle.

Lauren tremblait, son cœur battait la chamade tandis qu'elle se relevait. Elle avait oublié qu'elle l'avait mis là sur l'étagère, bien en vue.

— Qu'est-ce que tu viens de dire ? demanda Lauren, regrettant instantanément ses paroles.

— Je vais t'attraper... t'attraper... t-t'attraper... et te livrer à la j-j-justice ! coassa Mega Force.

Lauren poussa un cri et s'enfuit de la pièce. Heureusement, la porte était grande ouverte. Daniel entendit et accourut du garage, cherchant sa femme terrifiée, l'enveloppant dans ses bras tandis qu'elle pleurait contre lui.

— Chérie, qu'est-ce qui ne va pas ?

Entre les sanglots et les halètements, Lauren tremblait dans les bras de son mari, racontant ce qui s'était passé alors que Mega Force répétait son refrain en anglais, en espagnol, en allemand, en grec et finalement en japonais.

— Ça suffit, Daniel ! Je me fiche de ce que disent les enfants. Ce jouet doit disparaître ! Sors-le de la maison. maintenant ! cria Lauren.

Daniel obéit à sa femme, jetant Mega Force dans la poubelle dans la cour avant, l'enterrant profondément dans les ordures.

Lauren n'avait plus été la même depuis cette nuit-là, alors Daniel suggéra un voyage chez son frère dans le Maine pour la calmer. Heureuse de cette pause et de la distraction estivale, Lauren et Daniel firent leurs bagages avec les enfants et partirent pour des vacances familiales bien méritées.

CHARLIE EXPLIQUA au groupe comment l'été dans le Maine était exactement ce dont la famille avait besoin. Entre les potins familiaux en retard, le soleil et la mer sur la plage, et les bons repas lors des pique-niques, bientôt toutes les inquiétudes concernant Mega Force s'étaient évanouies.

Lauren était plus détendue que Daniel ne l'avait vue depuis des années. Et le couple put enfin faire une ou deux soirées en tête-à-tête longtemps reportées, grâce à une nièce qui gardait les enfants. La bulle de bonheur et de tranquillité prit brutalement fin une semaine après leur retour. Une amie de Lauren était venue passer un week-end lors d'un voyage d'affaires. L'amie de Lauren avait à peine dormi, insistant sur le fait que quelqu'un parlait espagnol bruyamment dehors sa fenêtre, dit Charlie.

— C'était Mega Force, n'est-ce pas ? demanda Drew, soudaine-ment captivé par l'histoire.

— Chut, Drew, laisse Charlie finir, le fit taire Blake.

Souriant, Charlie continua, prêt à livrer la première de nombreuses frayeurs.

— Lauren insista sur le fait que personne n'était dehors à la fenêtre. Elle et Daniel l'auraient entendu, non ? Ne pensant à rien, Lauren rejeta les inquiétudes de son amie jusqu'à ce qu'elle aille ranger les oreillers et la couverture supplémentaires après la visite.

— Aaaaahhhh ! cria Lauren.

Daniel et les enfants sursautèrent à ce son alarmant. Daniel courut au bas des escaliers, mais Lauren passait déjà devant lui en courant vers la salle de jeux.

— Lequel d'entre vous l'a récupéré dans la poubelle ? exigea Lauren.

— De quoi tu parles ? Mega Force est toujours sur l'étagère, insista Charlie, le désignant du doigt.

— J'ai jeté ce stupide jouet à la poubelle avant qu'on parte en vacances ! Je vous promets que je ne suis pas fâchée ; dites-moi simplement la vérité. Qui l'a ramené dans la maison ? demanda

Lauren, essayant de calmer ses nerfs et de paraître aussi paisible que possible.

— Ce n'est pas nous, maman. On te le jure, dit Cameron de la voix la plus petite que Lauren ait jamais entendue.

Hochant la tête et laissant ses enfants confus continuer leur partie de Serpents et Échelles, Lauren se dirigea vers la cuisine. Elle jeta la nuisance dans l'évier. Les jointures de Lauren blanchirent tandis qu'elle agrippait le comptoir, laissant ses épaules s'affaisser, haletante.

— Je crois les enfants. Ils ne savaient pas qu'on avait jeté le jouet, et pourquoi iraient-ils fouiller dans les ordures ? Où l'as-tu trouvé, d'ailleurs ? demanda Daniel, massant les épaules tendues de sa femme.

— Sur le banc sous la fenêtre en baie dans la chambre d'amis. Sonia m'a dit qu'elle entendait des voix en espagnol pendant la nuit, mais je n'y ai pas prêté attention. Alors comment est-il revenu ici ?

Daniel y réfléchit, mais lui non plus ne put arriver à une conclusion raisonnable. Il haussa les épaules et rapporta le jouet dans la salle de jeux. Mega Force était de retour. Une fois de plus, il contemplait fièrement la salle de jeux depuis l'étagère, comme un enfant surveillant son royaume.

## 37

CHARLIE PRIT une grande inspiration avant de poursuivre : — À ce stade, des années s'étaient écoulées depuis que Mega Force était entré dans la maison. Après avoir failli être jeté et perdu dans une décharge à cause de multiples perturbations, il semblait que Mega Force avait retenu la leçon. Les enfants avaient décidé que s'ils voulaient garder Mega Force, ils devaient prouver qu'il était toujours un jouet précieux. Alors ils ont recommencé à jouer avec. C'était comme si Mega Force avait obtenu ce qu'il voulait, puisque soudain il ne parlait que quand on appuyait sur son bouton. Mais quelque chose n'allait toujours pas. Il ne parlait plus qu'en espagnol.

— Donc, s'il se comportait bien, pourquoi c'est une histoire effrayante ? se plaignit Blake, perdant patience.

— L'histoire n'est pas encore terminée, sourit Charlie.

En observant les autres, Charlie pouvait voir qu'ils étaient toujours captivés. Charlie savait qu'une fois la suite de l'histoire révélée, Blake serait aussi fasciné que les autres. Blake était juste difficile à convaincre.

⚰️

*2014*

— Maman, quelque chose ne va pas avec Mega Force. Il continue de parler en espagnol. Je ne connais pas l'espagnol, se plaignit Charlie.

— Bien sûr que si, tu l'apprends à l'école, insista Daniel, essayant de détourner l'attention du fait que Mega Force n'était pas tout à fait normal.

— Ouais, mais rien qui ressemble à ses phrases fétiches. J'ai appris à dire « Où est la bibliothèque ? » et « Je m'appelle Charlie ». Pas « Pouvoirs Mega Force activés », gémit Charlie.

— Donne-le-moi. Je vais y jeter un coup d'œil, soupira Daniel.

Daniel emmena Mega Force à son établi dans le garage. Il dévissa soigneusement toutes les pièces pour bien examiner les circuits de Mega Force. Malheureusement, Daniel n'était pas très doué avec la technologie moderne ; ses enfants attendaient impatiemment par-dessus son épaule, demandant « C'est quoi ça ? » et « Pourquoi ça ? » toutes les deux secondes, ce qui rendait la réparation du jouet un peu problématique.

En serrant la dernière petite vis, Daniel ralluma Mega Force et appuya sur le bouton d'action. Mais une fois encore, chaque mot qui sortait du haut-parleur du jouet était en espagnol. Se grattant la tête, Daniel regarda le jouet puis les grands yeux de ses enfants.

— Désolé, les enfants, j'aimerais savoir ce qui ne va pas. Peut-être n'appuyez pas sur son bouton. Vous pouvez inventer vos propres mots pour lui.

— D'accord, papa, gazouillèrent les enfants, s'emparant de Mega Force avant de partir en courant pour jouer.

Mais Mega Force n'aimait pas qu'on touche à ses circuits. Et il aimait encore moins quand les enfants choisissaient de ne pas appuyer sur son bouton pour le faire parler. Comme s'il faisait une crise comme un enfant capricieux, Mega Force interrompait le temps de jeu en parlant aléatoirement. Sa voix semblait plus dure et plus rapide, comme s'il criait ou argumentait.

Charlie et Cameron se lassèrent de Mega Force et le laissèrent de l'autre côté de la salle de jeux, décidant de jouer aux gendarmes et aux voleurs à la place.

— Freeze, police ! cria Cameron, pointant ses index vers Charlie. — Tu ne m'attraperas jamais, flic ! hurla Charlie en retour, se retirant derrière le coffre à jouets pour viser en retour.

— Mega fuerza policia al rescate ! Mega fuerza policia al rescate ! Mega fuerza policia al rescate ! intervint Mega Force comme s'il voulait faire partie de l'action.

Surpris, les enfants crièrent. Ils arrêtèrent de jouer, mais Mega Force continuait à se répéter, chaque fois avec plus de force. Entendant ses enfants crier et sachant que ce n'était pas un son de jeu, Daniel accourut dans la pièce.

— Qu'est-ce qui ne va pas ? s'exclama-t-il.

Le cœur de Daniel se serra quand il entra dans la pièce et vit ses deux enfants blottis dans les bras l'un de l'autre. Ils tremblaient, le visage baigné de larmes, fixant le jouet de l'autre côté de la pièce, qui répétait encore et encore la phrase, en criant. Sa voix était devenue comme le martèlement d'un marteau contre une cloche enrouée.

— Papa, fais-le arrêter ! pleura Cameron.

— Nous n'avons pas appuyé sur son bouton. Il a juste commencé à nous crier dessus ! Papa, j'ai peur ! pleura Charlie.

— Je vais le réparer, cria Daniel. Il prit le jouet et le déchira avec ses deux mains, ses piles volant de son dos. Il était en colère. À sa grande surprise, les piles étaient corrodées après des années sans être changées. Comment le jouet fonctionnait-il encore ? Comment n'avait-il pas remarqué cela quand il l'avait démonté ? C'était une question pour un autre jour et une préoccupation qu'il ne voulait pas partager avec ses enfants déjà effrayés. Les piles retirées, Daniel plaça Mega Force sur l'étagère et mit une petite serviette par-dessus, le cachant à la vue.

— Voilà, maintenant vous n'avez même plus à le regarder, dit fièrement Daniel. Il s'éloigna.

— MEGA FORCE n'en avait pas encore fini. Chaque fois que quelqu'un entrait dans la salle de jeux, il disait « poderes activados ! » continua Charlie.

— Pouvoirs Mega Force activés, haleta Avery.

— J'en ai des frissons, s'émerveilla Drew.

— Réalisant qu'il était ignoré, Mega Force prit les choses en main. La famille le trouvait sur la table de la cuisine en les attendant au petit-déjeuner, sur le pas de la porte quand ils rentraient de l'école, et assis sur le canapé à regarder la télévision après le dîner. La télé était allumée, chuchota Charlie. Le vent environnant devint vif et rapide.

— C'est terrifiant. Qu'a fait la famille ? demanda Alex.

— Eh bien, naturellement, Lauren et les enfants étaient horrifiés. Lauren avait du mal à dormir, et Cameron a commencé à mouiller son lit. Daniel ne savait pas quoi faire, alors il a enfermé Mega Force dans un coffre et l'a caché dans le grenier...

Charlie se tut. Un sourire digne du chat du Cheshire combiné à son maquillage de squelette était encore plus terrifiant. Alex, Blake, Avery et Drew restaient les yeux écarquillés, en attente. Drew s'accrochait toujours à la tête de dragon de son costume. Blake essayait de faire comme si l'histoire n'était pas si effrayante. Mais le froissement nerveux des paquets de chips vides trahissait ses véritables sentiments. Alex était là, bouche bée, tandis que Drew s'était en quelque sorte rapproché de Charlie.

— Allez, ne nous fais pas languir ! insista Drew.

Charlie rit, scrutant leurs visages avant de poursuivre : — Trois matins passèrent. Je n'entendais aucun bruit du grenier, aucune voix dans la nuit. Tout semblait bien aller jusqu'à ce que les cris de Lauren depuis le salon réveillent toute la maison. Les enfants se cachèrent sous leurs couvertures, terrifiés à l'idée de sortir. Mais Daniel descendit voir sa femme. Quand il entra dans la pièce, il se figea sur place et resta pétrifié.

— Pourquoi ? demanda Blake.

— Mega Force était assis sur la cheminée !

## 38

— Désolée, les enfants, mais ce jouet, c'est terminé ! dit Lauren en mettant le pied à terre et en arrachant le jouet de l'étagère. Elle s'éloigna d'un pas décidé.

— Bien ! approuva Charlie.

— Ouais ! renchérit Cameron.

Se dirigeant vers la cuisine, Daniel attrapa deux sacs poubelle, y fourra Mega Force dans l'un qu'il noua fermement avant de répéter le processus avec un second sac.

— Attends ! Comment peut-on être sûrs qu'il ne reviendra pas ? s'inquiéta Cameron, se cachant derrière les jambes de Daniel.

— C'est le jour des poubelles. Allez, jetons-le dans la benne et regardons-le se faire emporter. Comme ça, nous saurons qu'il est parti pour de bon, acquiesça Lauren.

Ensemble, la famille sortit dehors. Daniel retira deux sacs poubelle de la benne et laissa Lauren placer Mega Force au fond, avant d'empiler rapidement le reste des déchets de la semaine par-dessus. La famille retourna sur le pas de leur porte et attendit.

On pouvait entendre le camion poubelle depuis le bout de la rue. Mais tandis que la famille piétinait anxieusement, on aurait dit que le camion se trouvait à l'autre bout du monde. Le souffle court, la famille se serra les uns contre les autres, les yeux rivés sur la poubelle, terrifiés à l'idée que Mega Force puisse en sortir pendant qu'ils regardaient.

— Dépêche-toi, dépêche-toi, chuchota Lauren.

Daniel serra sa femme un peu plus fort, rapprochant aussi ses enfants. La culpabilité s'accumulait dans son estomac. Comment pouvait-il protéger sa famille de quelque chose qu'il ne comprenait pas vraiment et pour lequel il n'avait aucune explication ? Il se sentit à nouveau en colère. Après que Mega Force était apparu sur la cheminée, Daniel avait vérifié le grenier. Le coffre était toujours verrouillé et exactement là où il l'avait laissé. De la poussière s'y était même accumulée. Il essayait de faire preuve de courage pour sa famille, mais lui aussi n'attendait qu'une chose : se débarrasser de Mega Force une bonne fois pour toutes. Il prit deux grandes inspirations, retenant brièvement son souffle.

Finalement, le camion poubelle s'arrêta devant leur maison. Les éboueurs sourirent et firent un signe de la main à la famille, qui leur rendit leurs plus chaleureux sourires. Les enfants sautillaient aux pieds de leurs parents tandis qu'ils regardaient les ordures être chargées dans le camion, puis rugir. Confus, et à juste titre, les éboueurs se retournèrent vers eux au milieu de leurs tâches.

— Ils apprennent à être plus écologiques à l'école. Ils voulaient voir le ramassage des ordures, plaisanta Daniel.

L'explication sembla suffisante. Avec un salut pour les enfants, les éboueurs remontèrent dans leur camion et s'éloignèrent, emportant Mega Force et tous les problèmes de la famille avec eux.

— Hourra ! crièrent les enfants.

— Je pense que nous avons tous besoin d'une pause. Et si nous... allions à Disneyland pour toute une SEMAINE ? chantonna Daniel.

— Et l'école ? s'exclama Lauren.

— Je pense qu'après tout ce qui s'est passé, on peut les laisser manquer une semaine, non, Lauren ? On dira simplement qu'ils sont malades. Nous avons été malades, malades à cause de cette poupée. Mais les enfants, c'est exceptionnel et c'est notre secret, d'accord ? dit Daniel.

— Oui, papa !

— Allez, prenons le petit-déjeuner et commençons à faire les valises. Je réserverai les billets pendant que tu prépares les enfants, dit Daniel en embrassant doucement Lauren sur le front. Ils avaient l'impression de reprendre un nouveau bail sur la vie ensemble.

C'ÉTAIT le complexe à thème le plus populaire, juste après Disney World. Il avait tout ce qu'un enfant pouvait désirer, des manèges impressionnants aux jeux à prix, en passant par les spectacles en direct, et de nombreux personnages préférés de la télévision et du cinéma y étaient représentés. La famille fit un effort particulier pour éviter la section du parc dédiée à The Mega Force Police, qui était toujours au sommet de sa popularité. Après tout, ils n'avaient pas besoin de se rappeler Mega Force. Cette partie du parc leur semblait maudite. Mais ils avaient quartier libre sur le reste.

Ils passèrent leurs journées à s'éclabousser dans les parcs aquatiques, à faire des montagnes russes jusqu'à ce que Daniel se sente malade, et mangèrent beaucoup trop de malbouffe. Mais, avec des jeux pour les adultes et du mini-golf, la famille s'amusa autant qu'elle pouvait l'imaginer.

Daniel gagna des peluches et de nouveaux gadgets, et Lauren se fit même plaisir avec quelques accessoires de mode. Elle n'avait pas l'intention de porter des boucles d'oreilles en forme d'éclair au travail, mais pensait qu'elles seraient amusantes lors des sorties avec les enfants.

— Ce voyage était une excellente idée, et ces photos vont être un souvenir incroyable, sourit Lauren en regardant les clichés pris sur le toboggan aquatique.

— C'était l'idée, lui sourit Daniel en retour.

— Je ne pense pas que les enfants aient dormi aussi profondé-

ment depuis qu'ils étaient bébés, roucoula Lauren. Ils étaient tellement fatigués.

— C'est toute cette excitation. Je suis un peu déçu que notre
voyage se termine si vite, admit Daniel.

— Moi aussi.

QUAND DREW INTERROMPIT l'histoire de Charlie pour s'extasier sur ses
propres souvenirs de Disneyland, Blake et Alex se joignirent rapidement à la conversation. Avery écoutait attentivement, étant le seul
membre du groupe à n'avoir jamais visité le Resort.

— Est-ce que je peux finir mon histoire ? grogna Charlie.

— Désolé, continue, acquiesça Avery.

— Donc, comme je le disais... Le lendemain, la famille fit quatre
heures de route pour rentrer. C'était encore une journée chaude pour
la mi-automne et, arrivant à la maison juste après l'heure du déjeuner, ils s'installèrent pour manger. C'était un long trajet, alors évidemment, ils avaient faim. Soudain, Cameron entendit depuis la fenêtre
de leur cuisine un son grinçant et bas provenant de leur jardin.
Curieux, tout le monde sortit pour enquêter...

— Qu'est-ce que c'était ? demanda Blake une fois de plus, accor-
dant à Charlie toute son attention.

— La famille avait un vieux portique de balançoire qui avait
commencé à rouiller, alors la balançoire faisait un horrible bruit grinçant au niveau des charnières. Il n'y avait pas de brise dans l'air, pourtant la balançoire allait d'avant en arrière... poursuivit Charlie.
D'avant en arrière.

— Comment ? demanda Blake.

— Assis sur la balançoire en mouvement se trouvait... se trouvait...

— Pas Mega Force ? demanda Drew, se cachant derrière la tête du
costume de dragon.

Lentement, Charlie hocha la tête.

## 39

*2019*

Lauren a crié et lâché une série de jurons. Elle s'en est excusée plus tard auprès de ses enfants. Puis, poussant les enfants à l'intérieur, Lauren a laissé Daniel s'occuper de cette « chose ». Elle était déconcertée et au-delà de la frustration. Les enfants ont couru à l'intérieur plus vite qu'elle ne pouvait les suivre. Elle est plutôt entrée par la porte d'entrée, a regardé en arrière, et l'a claquée derrière elle. Elle a presque fermé à clé mais s'est retenue.

Quand Daniel a ouvert la porte et est entré les mains vides, ne sachant plus quoi faire, Lauren a conduit les enfants dans le salon et les a enfermés pour pouvoir pleurer. Elle s'est assise à la table en sanglotant, la tête dans les mains, tirant sur ses cheveux. Lauren sentait qu'elle pourrait avoir une dépression nerveuse ; elle ne savait pas combien de temps elle pourrait encore tenir. Son mari ressentait la même chose.

— Daniel, qu'allons-nous faire ? Chaque fois que nous jetons ce truc, il trouve le moyen de revenir. Comment est-il revenu ici, et comment, sur cette terre de Dieu, peut-il se balancer sur une balançoire ? Tu crois que c'est un des enfants du voisinage qui nous fait une blague ? Je parie que c'est Rory, le gamin des Bentley. Ils ont toujours été des fauteurs de troubles. Je vais aller dire deux mots à leurs parents tout de suite ! a débité Lauren en bondissant de sa chaise.

Daniel a traversé la pièce en courant, prenant sa femme par les épaules, la serrant contre lui et essayant de la calmer.

— Ce n'est pas Rory. Comment ça pourrait être lui ? Nous avons vu les éboueurs l'emporter, a proposé Daniel. Il respirait à nouveau profondément. La colère et la confusion étaient remplacées par quelque chose d'indéfinissable. Il était plongé dans ses pensées et écoutait à peine.

— Alors quelle explication as-tu, Daniel ? Je suis à bout de nerfs ; je n'en peux plus. Nous allons simplement devoir vendre la maison. Il l'aime apparemment ici, alors laissons cette stupide poupée garder la maison, mais je ne reste pas ici une minute de plus. Je prends les enfants et je vais chez ma mère.

— Tu ne peux pas faire ça ; et l'école ? a demandé Daniel.

— Oh, alors c'était acceptable pour toi d'emmener les enfants hors de l'école pour partir en mini vacances ? Mais ce n'est pas acceptable maintenant que je les éloigne du danger ? a rétorqué Lauren.

— Lauren, calme-toi. Nous ne sommes pas en danger. C'est juste un jouet effrayant. Il ne nous a rien fait d'autre que nous faire peur. Nous pouvons trouver une solution.

— Comme quoi, Daniel ? Tout ce que nous avons essayé a échoué. Je vais devenir folle à cause de ça. Je n'en peux plus ! N'est-ce pas suffisant d'avoir peur ? De craindre pour sa fichue santé mentale ? a sangloté Lauren. Daniel se sentait comme un mauvais mari dans ces moments-là, impuissant dans son rôle. C'était un homme fort et intelligent avec une belle famille, mais il se sentait ridicule.

LES AMIS RÉFLÉCHISSAIENT, débattant de la façon dont Mega Force avait pu revenir. Ils échangeaient des idées pour tenter d'expliquer le comportement étrange du jouet. Mais tout comme la famille que Charlie décrivait, aucun d'entre eux ne le pouvait. La seule chose sur laquelle tous pouvaient s'accorder était que Mega Force était hanté ou maudit avec une forme de vie.

Charlie a continué son histoire. Lauren et sa famille dormaient à peine. Elle est devenue irritable et s'en prenait à ses enfants et son mari sans raison quand des disputes éclataient. Chaque membre de la famille avait peur de sa propre ombre, finissant par dormir avec toutes les lumières de la maison allumées. Personne n'avait ramené Mega Force à l'intérieur. Mais la nuit, on pouvait toujours entendre la balançoire qui oscillait, avec Mega Force récitant ses mots célèbres dans l'air immobile des matins et lors des nuits froides et pluvieuses, encore et encore, et encore.

— Finalement, un des voisins a frappé pour se plaindre du « jouet qui parlait » dans la nuit. Ils affirmaient l'avoir remarqué sur leur balançoire des semaines auparavant et disaient qu'ils étaient aussi patients que n'importe qui, mais que ça devait cesser. Lauren et Daniel ont pris soin d'expliquer leur problème, mais le voisin leur a ri au nez et leur a dit de « simplement s'en occuper », ou ils « appelleraient la police pour tapage nocturne », a dit Charlie.

— Alors, qu'ont-ils fait ? a demandé Drew.

— Eh bien, le travail de Daniel était important, a répondu Charlie. Il ne pouvait pas avoir d'incident de police dans son dossier, alors il a ramené la poupée à l'intérieur. Lauren a tenu parole ; incapable de vivre dans une maison avec le jouet, elle a emmené Cameron et Charlie séjourner chez sa mère jusqu'à ce que Daniel puisse comprendre quoi faire avec lui.

Charlie a expliqué comment Lauren et les enfants faisaient des appels vidéo à Daniel, espérant des nouvelles chaque soir. Mais Daniel n'était pas plus près de comprendre quoi faire avec le jouet. Il devenait frénétique à ce sujet, à propos du bruit et du départ de sa famille. Il pensait à quitter son emploi mais ne trouvait aucune raison de le faire à part le fait qu'il était stressé par le bruit. Il avait démonté la poupée et coupé tous ses fils, l'avait enfermée dans plusieurs sacs et remise dans le coffre au grenier, et l'avait même enterrée dans le jardin. Mais d'une manière ou d'une autre, quand Daniel se levait, Mega Force l'attendait chaque matin, ses entrailles totalement intactes. Daniel a rapidement commencé à comprendre ce dont Lauren parlait - la folie de la situation et la conversation flottait entre eux à propos de vendre la maison. Mais vendre la maison serait un processus long, et Lauren et les enfants ne voulaient pas être séparés de Daniel pendant si longtemps. C'est ce que Lauren lui a dit, du moins. Il ne se sentait plus raisonnable sur la plupart des choses - même sa famille.

— Mais les choses ont empiré, a dit Charlie. Un soir, alors que Lauren et les enfants étaient en train d'un autre appel vidéo avec Daniel, sur le point de lui souhaiter bonne nuit, Cameron a commencé à pleurer. C'était un gémissement soudain et grave venant d'un homme adulte, pas quelque chose qu'ils feraient normalement. Lauren a demandé ce qui n'allait pas, et Cameron a pointé une section de l'écran juste derrière la tête de Daniel. Mega Force était apparu miraculeusement sur le manteau de la cheminée comme s'il rejoignait la conversation. Charlie a haletée pour un effet dramatique.

— DANIEL ! S'il te plaît, je t'en supplie : il faut faire quelque chose avec cette poupée. J'ai peur non seulement pour les enfants et moi ; je m'inquiète aussi pour toi et ta sécurité, a imploré Lauren.

— J'essaie, Lauren, crois-moi. Je te promets que j'aurai bientôt une solution, a dit Daniel.

Mais même au moment où il faisait cette promesse et que les mots quittaient ses lèvres, il savait que c'était un mensonge. Que pouvait-il faire ? Qu'est-ce qu'il n'avait pas essayé ? Un soir, quand la phrase fétiche de Mega Force a résonné en espagnol dans toute la maison, Daniel s'est réveillé en larmes. Bondissant en bas des escaliers, il a cherché Mega Force de fond en comble, le trouvant finalement sur l'étagère de la salle de jeux.

Assis à la table de la cuisine, fixant le jouet dans les yeux, Daniel se sentait idiot en essayant la seule chose à laquelle il pouvait penser, quelque chose qui semblait être un dernier recours.

— Que veux-tu ? Pourquoi ne nous laisses-tu pas tranquilles ? Ma femme et mes enfants me manquent. Je veux juste qu'ils rentrent à la maison ! S'il te plaît, laisse-les rentrer à la maison ! a supplié Daniel entre deux sanglots.

Daniel a attendu, fixant le jouet au centre de la table ; il était immobile et complètement silencieux pour la première fois depuis des années. La colère s'est à nouveau répandue en Daniel comme un feu de forêt, le chauffant jusqu'au cœur. Il jouait avec lui.

Attrapant Mega Force par la taille, Daniel a grondé contre le jouet, montrant ses dents. De la salive a jailli de sa bouche. Il a mis sa mâchoire sur la tête du jouet et a mordu avec la force d'un animal arrachant de la viande d'une carcasse. Il l'a éloigné de son visage à une distance d'un mètre.

— Je te déteste ! Tu as ruiné ma famille ! a hurlé Daniel, presque en perdant sa voix, jetant Mega Force à travers la pièce.

Le jouet a heurté le mur, créant une entaille dans le plâtre, tombant au sol avec un fort fracas de plastique contre le bois dur. Daniel haletait, fixant, attendant quelque chose - une réaction, une riposte, une réponse verbale, n'importe quoi... Il ne pouvait plus comprendre ses motivations à ce sujet. Mega Force gisait immobile et face vers le haut sur le sol.

# 40

2020

Après une nouvelle nuit blanche, Daniel s'appuya contre le lavabo de la salle de bain. L'homme qui lui rendait son regard dans le miroir lui était presque étranger. Ses cheveux étaient négligés et gras, sa barbe avait poussé en touffes désordonnées, et il aurait juré que ces cheveux gris autour de ses tempes étaient nouveaux. Il voyait un visage vieilli par le stress et le temps. Il observait des yeux enfoncés dans leurs orbites, cernés de noir, comme des entrées de cavernes.

En allant chercher son café, Daniel fut surpris de trouver Mega Force face contre terre sur le sol de la cuisine, exactement là où il l'avait laissé la veille au soir, entouré de morceaux de plâtre tombés du mur. Incapable de détacher son regard du jouet, Daniel s'assit à la table de la cuisine, sa tasse de café à la main. Son estomac grondait de faim, mais il ne pouvait se résoudre à cuisiner, encore moins à manger. Il devait trouver une solution, sinon il dépérirait et ne reverrait jamais sa famille. Ils ne voudraient pas de lui dans cet état. C'est alors que son téléphone sonna. En sortant son portable de sa poche, il vit un nom qui lui fit pousser un soupir de soulagement. C'était son frère aîné Simon ; Simon avait toujours un effet apaisant sur Daniel.

—Salut frérot ! Comment vas-tu, ta femme, les enfants ? J'ai entendu dire que tu traversais une période difficile dernièrement. J'ai parlé avec Karen et Michael ; c'est quoi cette histoire de problème avec un jouet ? rit Simon.

Soupirant, Daniel ne savait pas par où commencer.

—Frérot ? Ça va ? demanda Simon d'une voix inquiète.

—Pas vraiment, Simon, répondit Daniel.

Au cours d'une longue conversation, Daniel expliqua tout sur Mega Force, depuis le jour où Lauren l'avait trouvé dans l'inquiétante boutique de jouets vintage jusqu'à la première fois où ils avaient remarqué que quelque chose n'allait pas. Daniel raconta tout à son frère, comment Lauren avait emmené les enfants, comment les voisins s'étaient plaints, et comment le jouet semblait avoir une volonté propre et retrouvait toujours son chemin. Daniel avoua même avoir parlé au jouet la veille. Il omit de mentionner l'avoir mordu. La colère de ce moment était embarrassante, mais au moins Daniel savait qu'il pouvait encore ressentir de la gêne.

—Tu es sérieux ? demanda Simon.

—J'aimerais ne pas l'être, dit Daniel.

Soudain, Mega Force se mit à débiter des phrases à toute vitesse, toutes en espagnol.

—Bon sang ! dit Simon. ... Pour être honnête, je pensais que tu perdais la tête ou quelque chose comme ça quand ta femme m'en a parlé. Mais, écoute, envoie-moi le jouet par la poste. Je te débarras-serai du problème.

—Je ne pourrais pas te demander de faire ça, Simon.

—À quoi servent les grands frères ? En plus, mes enfants adorent ce genre de trucs dingues.

Enfin, avec une solution en main, Daniel appela Lauren pour lui annoncer la bonne nouvelle. Mega Force serait bientôt hors de leur vie. Mais comme prévu, Lauren dit qu'elle ne reviendrait pas tant qu'elle ne serait pas certaine que Mega Force n'apparaîtrait plus un beau matin sur la cheminée.

—Donc, Daniel a emballé Mega Force dans du papier bulle, l'a mis dans un sac, scotché dans une boîte et expédié en Utah, commença Charlie en concluant l'histoire.

—Attends ! Ici ? Ton histoire se termine ici, en Utah ? Drew semblait paniqué.

—Je t'avais dit que ce serait effrayant, rit Charlie.

—Et alors ? Mega Force est-il revenu ? Lauren et les enfants sont-ils rentrés à la maison ? demanda Alex.

Acquiesçant, Charlie expliqua comment, une fois que Simon avait reçu le colis, il avait immédiatement attaché Mega Force au pare-chocs de son camion. Ensuite, chaque jour, il prenait une photo avec le jouet toujours attaché au camion et l'envoyait à Daniel comme une sorte de rapport de situation.

Après plusieurs semaines sans que Mega Force ne bouge, Lauren et les enfants étaient enfin rentrés à la maison.

—Bon, je te l'accorde, Charlie. Ça a eu ses moments, mais ce n'est pas l'histoire la plus effrayante, haussa les épaules Blake.

—Ouais, la fin était un peu anti-climatique. Je m'attendais à ce que tu dises que Mega Force s'était libéré et était reparti ou avait tué la nouvelle famille ou quelque chose comme ça, dit Avery.

Charlie sourit et haussa les épaules, sans rien ajouter. Soudain, le téléphone de Charlie sonna, brisant le silence et faisant sursauter le reste du groupe. Riant, Charlie répondit au téléphone et termina rapidement la conversation.

—C'était mon père ; il sera bientôt là pour me chercher, dit Charlie.

Le groupe acquiesça, un peu déçu que la soirée se termine. Charlie avait des devoirs à faire et n'était pas le plus grand fan des bals de l'école, ils n'avaient donc jamais prévu de rester toute la soirée.

—Attends ! Charlie, alors l'histoire était à propos de toi ? demanda Drew.

—Non, mais petit détail amusant : Charlie est un prénom très populaire dans ma famille, fit Charlie avec un clin d'œil.

Une musique rock lente et lourde résonnait au loin, et les phares d'un camion brillèrent à travers les arbres, indiquant que la nuit était vraiment terminée.

—Bon, bien essayé, Charlie, mais tu dois travailler tes compétences en matière d'histoires de fantômes, se moqua Blake.

—Noté, rit Charlie.

—Prêt, gamin ? demanda le père de Charlie, passant la tête par la fenêtre du camion.

—Prêt, papa. À plus tard, les gars, dit Charlie, se levant d'un bond et époussetant les débris du sol de son costume de squelette.

—Attends ! Charlie, ton père ne s'appelle-t-il pas Simon ? demanda Drew.

Avec un sourire malicieux et un hochement de tête, Charlie courut vers la voiture. Alors que Charlie montait côté passager, le groupe resta bouche bée. Solidement attaché au pare-chocs du camion de Simon se trouvait Mega Force.

—Ce n'est pas la même poupée que dans l'histoire. Charlie a tout inventé pour essayer de nous faire peur ; bien sûr qu'ils ont attaché une poupée au camion, se moqua Blake.

—Mega Force powers activate. Mega Force poderes activados ! lança Mega Force. Le camion de Simon s'éloigna ; le bruit de la chose était constant et s'estompa lentement, comme une sirène d'alerte, enflant et résonnant.

D'un seul coup, le groupe bondit sur ses pieds alors qu'un frisson glacé leur parcourait l'échine. Ils sprintèrent à travers les bois en direction de l'école, passant sous les nœuds coulants de M. Smith. Charlie était assis sur le siège passager de la voiture de son père, souriant, sachant que le groupe avait bien eu la frayeur escomptée.

—Llevarte a la justicia ! Je vais t'attraper et te livrer à la justice ! la voix de Mega Force résonna dans les bois derrière eux.

Fin

Avez-vous aimé *Frissons nocturnes* ?

Merci de laisser un avis sur cette plateforme ou sur Goodreads.

Les avis m'aident à atteindre de nouveaux lecteurs.

Rejoignez ma Newsletter pour obtenir un livre GRATUIT ou visitez mon site web www.mhlebeault.com

# À PROPOS DE L'AUTEURE

**Des histoires positives et inspirantes.**

Marie-Hélène vit à Sherbrooke, au Québec. Enseignante à la retraite, elle consacre désormais ses journées à l'écriture et à la promotion de ses oeuvres. Elle aime lire, voyager et aller à la plage. Chaque année, elle part un mois en solo vers une nouvelle partie du monde.
www.mhlebeault.com

Suivez-la sur les réseaux sociaux !

facebook.com/mhlebeaultauthor

x.com/mhlebeault

instagram.com/mhlebeault

amazon.com/author/mhlebeault

bookbub.com/authors/marie-helene-lebeault

goodreads.com/mhlebeault

linkedin.com/in/mhlebeault

tiktok.com/@mhlebeaultauthor

# AUTRES LIVRES DE L'AUTEURE

**La série Evers - Littérature jeunesse fantastique**

La clé des ancêtres

L'académie

La marcheuse du temps

Le voyageur des mondes

**Magie de sang - Littérature jeunesse fantastique**

Mage de sang

Magie de sang

Héritage de sang

**Il était une malédiction - Romance fantastique**

Une malédiction de neige et de cendres

Une malédiction d'épines et de torpeur

Une malédiction de verre et d'ombres

Une malédiction d'argent et de blessures

**Hors série**

Les douze vies de Clare - Réalisme magique

Utopie - Science fiction

Chroniques des cadets interstellaires - Science fiction

**Défenseurs du Royaume**

Le combat de la flamme sacrée (Gratuit)

**<u>Université du Pôle Nord</u>**

Métamorphes de Noël

Cœur de Givre

Baiser de Lumière

Maléfice d'Hiver

Regard de Feu

**Fée grand-mère - Albums jeunesse pour les 3 à 7 ans**

Mimi visite l'Antarctique

Mimi visite le Pôle Nord

Mimi visite la Chine

Mimi visite l'Afrique

www.ingramcontent.com/pod-product-compliance
Lightning Source LLC
Chambersburg PA
CBHW020325260626
47156CB00004B/1374